LA ISLA DE LOS NIÑOS

DE

DONALD MORRISON

mientras se acercaba a la cama donde él estaba sentado. "Los demás muchachos..." Hizo una pausa, mirando por la ventana a los niños que jugaban fuera antes de tomar asiento a su lado. "Hay gente que simplemente nace con el corazón torcido. No puedes dejar que eso te afecte tanto. No te hará ningún bien."

Una lágrima se formó en el párpado de Carlos, titubeó un instante y descendió lentamente por su mejilla.

"Vamos, anda", dijo la joven, rodeándole con un brazo y estrechándole contra ella. "No hay motivo para llorar."

Carlos tembló al inhalar; la tristeza llenó la pequeña estancia.

"Me odian", susurró, mientras otra lágrima seguía el mismo camino que la anterior.

"Oh, no", replicó la muchacha, inclinándose hacia él. "Nadie te odia, Carlos. El odio... el odio es una palabra terrible." Lo observó con ternura. "Solo son distintos a ti, eso es todo."

El viento sacudió la ventana, y detrás de Carlos los árboles comenzaron a mecerse con violencia al compás del coro otoñal.

El chico volvió a sorber por la nariz, secándose las lágrimas con la manga suelta.

La joven metió la mano en su delantal y sacó un pequeño pañuelo azul, dándole vueltas entre los dedos antes de ofrecérselo. "Algunas personas no saben aceptar las diferencias de los demás", dijo, entregándole la suave tela. "Les asusta

EL COMIENZO

Una brisa fresca se deslizó desde los extensos bosques que separaban el Orfanato Embry del mar implacable que bramaba contra la fría costa de Massachusetts. Un aliento helado recogía las conversaciones pasajeras y las risas juveniles, llevando aquellos sonidos en nubecillas de vapor a través del aire escarchado hasta una ventana del tercer piso, donde el rostro triste de un muchacho contemplaba en silencio a los niños que jugaban abajo, con la barbilla apoyada en las manos.

"¿Y por qué será que no estás ahí fuera jugando con los demás chavales?" preguntó una voz con un suave acento irlandés.

El niño, sorprendido, se giró enseguida, arrancado de su ensueño diurno por aquel timbre familiar. Dejó el libro que sostenía sobre la cama, junto a él, y observó cómo la joven que había hablado entraba en su habitación.

"Hace un día de otoño precioso, Carlos", dijo la muchacha, vestida con ropas de sirvienta manchadas, acercándose a él.

La mirada del chico cayó al suelo, justo a los pies de ella, mientras sus hombros se encogían levemente, como si su cuerpo intentara protegerse del contacto.

La joven se detuvo, y su expresión se suavizó bajo los vibrantes mechones anaranjados que escapaban del pañuelo suelto que le cubría la cabeza. "No es culpa tuya, chaval", prosiguió en voz baja, apoyando la escoba contra la estantería junto a la puerta

Este relato está dedicado a un hombre que nos ha enseñado a muchos que los cuentos de hadas no siempre tienen que terminar con un "felices para siempre".

Gracias por tantas historias.

Guillermo Del Toro, este es para ti.

D.M.

ver la bondad en aquellos que tienen delante, porque eso les obliga a mirar sus propios defectos."

Carlos tomó el pañuelo y se lo llevó a la nariz.

"Eres un buen chico. Listo, ingenioso, inteligente." Ella lo miró con expresión pensativa. "¿Y me vas a decir que, con todas esas cualidades y una bondad que no tiene igual, has hecho algo para que los demás te desprecien?" Resopló y negó con la cabeza. "No, chico. Es pura ignorancia, nada más. Tu bondad deja al descubierto sus imperfecciones, y por eso te molestan. Les haces sentirse débiles, y eso no es malo."

Carlos mantenía la mirada fija en las tablas desgastadas del suelo. Las palabras de consuelo chocaban contra el muro emocional que había erigido a su alrededor. "Entonces, ¿por qué no les gusto?", preguntó, limpiándose las lágrimas que volvían a caer por su rostro.

La joven guardó silencio.

"Odio este lugar", murmuró con voz quebrada.

Su rostro comenzó a desmoronarse bajo el peso del dolor. Hacía tres años que lo habían llevado al orfanato, cuando la gripe se llevó a sus padres, y desde entonces no había vuelto a sentirse amado ni querido. Estaba solo, descartado y olvidado por todos, salvo por aquellos con quienes compartía techo, la mayoría de los cuales apenas notaban su existencia.

"¿Por qué tenían que morir?" sollozó, dejando caer la cabeza y encorvando los hombros mientras lloraba.

La muchacha posó la mano en su espalda, acompañando los pequeños sollozos que sacudían su frágil cuerpo.

"¿Qué significa esto?"

Una voz familiar para ambos rasgó el aire de la habitación como un látigo helado. En un instante la joven se puso en pie, y Carlos se apresuró a borrar las líneas saladas de sus mejillas.

"Lo siento, señora", balbuceó la chica, frotando nerviosamente las manos contra su delantal a rayas. "El chico estaba pasando un mal rato. Solo intentaba consolarle, nada más."

La mujer en la puerta la observó con una mirada gélida.

"Vuelva a sus tareas, Claire; eso será todo."

"Sí, señora", respondió la joven rápidamente, tomando la escoba y saliendo sin mirar atrás.

La mujer que permanecía en el umbral era mayor; su cabello negro, con mechones grises como hilos de humo, estaba recogido en un moño apretado sobre la cabeza. Llevaba un vestido negro con volantes que llegaba hasta el suelo, y sobre el pecho, extendiéndose más allá de los hombros, un encaje con lentejuelas que imitaba las alas de un cuervo. A su alrededor flotaba una capa de autoridad y una energía que chispeaba con malicia.

Avanzó por la habitación, deteniéndose a cuatro pasos del muchacho, justo entre él y la puerta. "¿Y a qué viene este numerito tuyo?" preguntó con voz fría y severa. Hizo una pausa, entornando los ojos. "¿Has vuelto a meterte en líos?"

"No, señora", respondió Carlos en voz baja, esforzándose por no bajar la mirada.

"Entonces, ¿qué es?" chilló ella.

"Es solo que..." Su respiración tembló mientras intentaba contener el recuerdo. "Echo de menos a mi madre y a mi padre..."

"Bueno, ahora estás aquí", replicó la mujer, casi con una mueca de desprecio. "Puedes darle las gracias a la fiebre por eso." Se detuvo, observando su reacción. "Deberías sentirte agradecido de que al menos tuvieron la decencia de no llevarte con ellos."

Carlos sostuvo su mirada, conteniendo las lágrimas que aún amenazaban con salir.

"El Estado consideró apropiado dejarte a mi cargo", continuó ella, con veneno en la voz. "Así que harías bien en aceptar que tus padres no van a venir por ti, porque están muertos. Y deberías, al menos, intentar integrarte con los demás niños. Has estado aquí todo este tiempo y ni una sola vez te has esforzado por conocerlos, salvo cuando te metes en problemas. Eres un solitario, y simplemente no es saludable que un niño se comporte así."

Carlos sintió como si alguien le hubiera dado un puñetazo en el estómago; una sensación demasiado familiar desde su llegada.

"Estoy cansada de tus arranques innecesarios", prosiguió ella, observándole un instante más, con un leve tic en los ojos. "Es de lo más inapropiado." Guardó silencio, esperando una respuesta. "Ya te lo he dicho muchas veces: deberías intentar hacer algunos amigos."

"Sí, señora..."

La mujer lo miró unos segundos más y luego, tan rápido como había aparecido, se dio la vuelta y salió por el pasillo. El sonido de sus tacones resonó hasta desvanecerse, dejando a Carlos la piel erizada.

Durante la siguiente hora, permaneció sentado en la cama, inmóvil. Escuchaba las voces de los niños fuera y el fuerte tañido de la campana del jardinero, señal de que el recreo había terminado. Pronto los pasillos se llenarían con las risas y gritos de los pequeños volviendo a sus habitaciones. Pronto sería la cena, y mientras se dejaba caer lentamente de lado, un pensamiento resonó con fuerza en su mente: Van a darse cuenta de que he estado llorando otra vez...

CENA

Carlos bajó las escaleras hacia el comedor. Podía oír el bullicio de los demás niños que se amontonaban en el pasillo que conducía a la parte principal del edificio. Los otros corrían junto a él mientras descendía la gran escalera de mármol que se retorcía hasta la planta baja. Caminaba con la mirada fija en el suelo, ocultando el enrojecimiento hinchado alrededor de sus ojos, una señal inconfundible que solo podía traerle otra ronda de burlas.

El sonido de un centenar de voces resonaba por los pasillos, oprimiéndole los oídos mientras sus hombros se encogían bajo la chaqueta azul que estaba obligado a llevar durante las comidas.

Atravesó el gran vestíbulo y giró a la izquierda hacia el comedor.

Al doblar la esquina, las piernas se le fueron de golpe, y el sonido de las risas estalló a su espalda. Se giró lentamente, con el codo palpitante tras golpearse contra el duro mármol del suelo. Dos chicos mayores se erguían sobre él, sonriendo con desprecio.

"No te esperabas esa, ¿eh, meón?" se burló el más joven de los dos.

Hubo una pausa mientras ambos examinaban a su presa. "Awww...", soltó el mayor con tono burlón al reconocerle, su mirada fijándose en los ojos hinchados de Carlos. "¿Ha estado Carli llorando otra vez?"

Miró a su compañero y luego volvió a mirar a Carlos, que seguía tirado en el suelo. "Sí que ha estado... Awww, pobrecito... Déjame adivinar: ¿Carlos echa de menos a su mamita y a su papá?" La diversión desapareció de su voz y fue sustituida por una frialdad cruel. "¿O es que el bebé se ha vuelto a hacer pis encima?"

"Carli el meón", comenzó a cantar el otro chico, seguido por tres niños más que se habían detenido a mirar. "Carli el meón, Carli el meón."

Carlos se incorporó lentamente del suelo y se volvió para dirigirse hacia el comedor. Deseaba desesperadamente girarse y correr hasta la seguridad de su habitación, pero sabía que eso solo avivaría las burlas y, además, le costaría otra reprimenda ante la cuidadora principal. Bajó la cabeza y continuó avanzando hacia el comedor, con los cánticos crueles resonando detrás de él como tambores de guerra.

Al entrar en la enorme sala, el olor a gachas y guisantes hervidos le llenó los sentidos. Seis días a la semana, durante los últimos tres años, había respirado aquel mismo hedor. Ya estaba acostumbrado.

Encontró su asiento y fijó la mirada en la mesa frente a él, observando cómo el brillo de su cuchara atrapaba la luz un instante antes de volver la vista a sus manos entrelazadas sobre el regazo.

El comedor bullía de emoción. Las voces se elevaban

en el aire mientras los niños hambrientos hablaban en voz alta, compartiendo historias de su día o riéndose entre pequeños grupos.

De pronto, el ruido cesó de golpe, señal de que la cuidadora principal había entrado.

Carlos alzó la vista a la fuerza. Sabía que ella detestaba que alguien no la mirase durante el discurso de la cena, y había aprendido desde su llegada que lo mejor era evitar cualquier cosa que la irritase.

"Como supongo que todos sabéis", la voz de la mujer retumbó por el comedor, "el invierno está otra vez sobre nosotros. Para aquellos que sois nuevos aquí, es una época de estudio y disciplina." Hizo una pausa, su mirada vigilante recorriendo las caras que la observaban, deteniéndose en cada par de ojos en cuestión de un suspiro. "Se os entregará una manta adicional y, a partir de mañana, la cena se servirá una hora antes para que tengáis tiempo de dedicaros a vuestras tareas."

Volvió a escanear la sala con su mirada de halcón. "El recreo se reducirá y, cuando caiga la primera nevada, solo se permitirá salir al patio una vez por semana, acompañados del jardinero Conall." Se hizo otro silencio mientras el murmullo se apagaba. "La biblioteca permanecerá abierta y las clases continuarán según lo previsto. Vuestro ejercicio diario se limitará a la sala de recreo, y permitidme recordaros que no se permitirá correr ni jugar de ninguna forma en los pasillos. Esto es un orfanato, no un zoológico."

Sus ojos se fijaron en Carlos, clavándose en los suyos con frialdad. "A cualquiera que se le sorprenda fuera de sus habitaciones después del apagado de luces se le asignarán tareas de limpieza durante todo el invierno. No habrá excusas, y la desobediencia no será tolerada."

Hizo una pausa, un destello de desdén cruzando por sus ojos. "Espero vuestra plena cooperación." Su mirada recorrió el comedor una última vez. "Ahora... comamos."

Un murmullo bajo comenzó a llenar el aire mientras los niños hablaban entre ellos, cuidando de mantener la voz por debajo del límite impuesto por la mujer sentada a la cabecera. Carlos comió en silencio y con lentitud deliberada, para ocupar todo el tiempo de la cena. Había aprendido que los demás niños le miraban si permanecía con el cuenco vacío delante y la vista fija en la mesa, así que aprendió a dosificar cada cucharada, desde el momento en que se les permitía empezar hasta que se les ordenaba devolver los platos a la cocina y regresar a sus habitaciones.

Los siguientes treinta minutos pasaron con una lentitud exasperante. Cuando por fin sonó la campana y la cuidadora principal se levantó, anunciando que los niños podían iniciar su regreso, Carlos fue el primero en ponerse de pie. Se apresuró hacia la cocina, lavó su cuenco en el fregadero y lo colocó en el escurreplatos antes de dirigirse al santuario de su habitación. Cerró la puerta y se acercó a su diminuto escritorio, de donde sacó un libro: *Poemas y canciones para jóvenes*.

Abrió el volumen por el marcador de papel que había colocado y se sentó en la cama, deteniéndose un momento para mirar por la ventana. Afuera, los árboles seguían agitándose con violencia, el viento retorciéndose entre ellos con una ferocidad otoñal. Dejó que su vista se perdiera entre aquellos gigantes retorcidos, hacia el cielo más allá, donde incontables estrellas comenzaban a salpicar la noche.

Dejó que todo lo demás se desvaneciera y apoyó la frente contra el cristal frío. Mientras aspiraba el olor a polvo y vidrio viejo del alféizar, escuchó cómo los sonidos de los otros niños que regresaban a sus habitaciones se desvanecían por completo. Entonces apartó la cabeza, se limpió la marca rojiza de la frente, se dio la vuelta, se sentó de nuevo en la cama y abrió el libro.

Antes de darse cuenta, se había quedado dormido, el libro colgando débilmente de su mano.

CLASE

Fue el canto ligero de los pájaros lo que despertó a Carlos a la mañana siguiente. Abrió los ojos lentamente, sintiendo cómo el calor del sol iba levantando con delicadeza la capa de frío que cubría su cama, mientras sus rayos atravesaban el cristal opaco de la ventana. Se estiró con suavidad, su mirada cayendo sobre el pequeño reloj encima de la puerta.

"Oh no..."

Saltó de la cama, apresurándose a vestirse y recoger sus libros al mismo tiempo. No era la primera vez que llegaría veinte minutos tarde a clase, y el cosquilleo en el dorso de sus manos le recordó el castigo anterior.

Se puso la chaqueta al mismo tiempo que cerraba la puerta tras de sí y echó a correr por el pasillo hacia el ala de estudios; sus tacones resonaban con un rápido compás de pasos asustados. Al llegar a la puerta del aula, se detuvo un instante, tomó aire y alargó la mano para girar el pomo.

La sala se quedó en silencio en cuanto entró, los demás niños esperando con expectación a que el director reconociera la llegada del rezagado. No tardó más que un suspiro.

"Lo siento, llego tarde", empezó a balbucear Carlos, pero sus palabras fueron cortadas por el sonido seco de una tiza golpeando la base metálica de la pizarra.

"Siéntese, joven", respondió el maestro sin girarse

para mirarle, "y abra su libro por la página doce." Hubo una breve pausa. "Tendremos que hablar de esto después de clase."

Carlos asintió hacia la espalda del profesor y se agachó para revolver entre la pequeña pila de libros de tapa blanda frente a él. Encontró el gastado ejemplar del *New England Primer* y pasó lentamente hasta la página doce. No había terminado de alisar la hoja cuando un ardor repentino estalló en su oreja izquierda.

El chico sentado justo detrás de él había estirado la mano despacio, entre las risitas ahogadas de los demás alumnos, y con toda la tensión contenida, soltó el dedo corazón que mantenía doblado tras el pulgar, propinándole un certero chasquido en la oreja.

Carlos gritó, llevándose la mano al oído mientras el dolor se extendía por todo un lado de su cara. Se giró hacia el otro chico, empujando su pupitre hacia atrás, justo cuando el director se volvió ante el alboroto. El otro muchacho lanzó un llanto teatral, y cuando Carlos empezó a levantar la mano para tocarse la oreja, un nuevo dolor estalló en la contraria, seguido de un tirón que le obligó a levantar la cabeza de golpe.

"Has interrumpido esta clase por última vez, muchacho", exclamó el hombre, sujetando con fuerza la parte superior de su oreja derecha mientras lo arrastraba al pasillo de puntillas.

"Él... él...", intentó explicar Carlos, pero el agarre se

apretó aún más, cortándole las palabras en un quejido. "Por favor..."

Las risas del aula se fueron apagando tras los ecos de los zapatos de cuero golpeando el mármol, mientras ambos se alejaban hacia el ala principal. Lo condujo por dos pasillos más antes de soltar al fin el férreo agarre sobre su oreja.

Carlos llevó la mano al costado de su cabeza, frotándose el dolor, cuando sintió el empujón firme del director entre los omóplatos.

"Sigue andando."

El par subió por la amplia escalera que conducía a la oficina de la cuidadora principal. Cada paso que daba Carlos era como una piedra cayendo dentro de su estómago. Al llegar arriba, sintió la mano del director aferrándole un puñado de pelo, obligándole a detenerse. "Esperarás aquí."

El hombre llamó suavemente a la puerta de la oficina, anunciándose con educación. Momentos después, Carlos se encontraba de pie ante la mujer de mirada acerada, vestida completamente de negro.

"¿Acaso no tienes fin para los problemas que estás dispuesto a causar en este lugar?" escupió ella, girándose lentamente para mirar por la ventana hacia los jardines. Hizo una pausa, respirando con furia contenida. "Te alimentamos, te vestimos, te acogimos cuando la gripe se llevó a tus padres." Volvió a detenerse, girándose otra vez hacia él. "Llegas tarde a clase una y otra vez. Ignoras las normas. Y una vez más, te encuentro aquí, en este mismo sitio, con esa misma expresión patética colgando de tu cara."

Sus ojos se entrecerraron mientras apoyaba las manos sobre el enorme escritorio de roble frente a ella. "No haces más que sembrar discordia entre los demás niños, y pareces tener una total falta de respeto hacia quienes se han empleado en ayudarte a convertirte en un adulto de provecho. Supongo que, como siempre, tendrás alguna gran excusa preparada, ¿verdad?"

"Yo..." empezó Carlos, sintiendo cómo se formaba una pequeña burbuja de saliva en la comisura de su boca.

"¿Qué pasa, te lo adivino?" lo interrumpió bruscamente. "No fue culpa tuya, ¿verdad? Fue otro el que empezó. Tú fuiste la pobre víctima de los abusos de tus compañeros y no hiciste nada para merecerlo." Soltó una risita sarcástica y se irguió, hojeando con movimientos mecánicos el pequeño montón de papeles desordenados que yacían sobre el escritorio.

Carlos permaneció inmóvil frente a aquel mueble imponente, los leones tallados en sus patas delanteras mirándole con expresión feroz, las garras inmensas clavadas en el suelo.

La mujer respiró hondo una vez más y tiró lentamente del cajón superior derecho de su escritorio.

Se detuvo un instante, mirando dentro. Carlos sintió un nudo de hierro formarse en su estómago.

"Parece que ha llegado el momento de aplicar métodos más... severos de rehabilitación", dijo con voz baja, mientras introducía la mano en el cajón.

Cuando se irguió, Carlos fijó la mirada en lo que sostenía: una correa de cuero, doblada, de unos cinco centímetros de grosor, apretada en su puño de nudillos blancos. Un escalofrío recorrió su pequeño cuerpo, y luchó contra cada impulso que le pedía salir corriendo por el pasillo. Lo único que lo mantenía clavado en el sitio era el conocimiento de que, si huía, el castigo sería aún peor.

"Extiende las manos..."

LA PALIZA

Carlos estaba sentado en el silencio del baño de los chicos, con las piernas dobladas bajo su cuerpo. Hizo una mueca de dolor al sujetar el cepillo de dientes con la mano; las marcas que se extendían desde la muñeca hasta los nudillos ardían con cada intento de cerrar el puño. Sus ojos se posaron en el agua quieta del lavabo frente a él. Se inclinó un poco, el olor a porcelana y moho rancio llenándole las fosas nasales mientras observaba su reflejo en el pequeño charco que formaba el desagüe.

La directora había azotado sus manos con la correa de cuero hasta que las primeras gotas de sangre calmaron su furia. Cuando se dio por satisfecha, le impuso su castigo real. Durante el resto del invierno, Carlos completaría sus estudios en su habitación. Ya no participaría en las clases junto a los demás niños y, durante ese tiempo, sustituiría a los sirvientes en el mantenimiento de los baños. Tendría que limpiar todos los baños de la mansión con nada más que su cepillo de dientes y un pequeño cubo con agua y jabón.

Al apartar la vista, vio el charco seco de orina alrededor de la base del retrete del otro cubículo; una señal inequívoca de que los demás niños ya sabían cuál era su nueva tarea.

Carlos respiró hondo y exhaló en una serie de pequeños temblores.

Cuando su mirada volvió al cuenco de jabón que descansaba junto a él, escuchó pasos acercándose, el murmullo amortiguado de voces de muchachos que resonaban entre los azulejos. Se puso en pie lentamente, preparándose para salir del cubículo.

"¿Qué tenemos aquí?" se burló una voz, el tono quebrado por los primeros signos de la pubertad, rebotando por las paredes del baño. "Parece que hemos encontrado a nuestro nuevo limpiador de retretes."

Los otros chicos rieron.

Carlos sostuvo la mirada del que hablaba un momento, antes de apartarla y desplazarse hacia un lado para pasar.

"No tan deprisa, meón", siseó el mayor cuando Carlos intentó salir. "Por tu culpa tengo dos horas de castigo."

"Lo siento", murmuró Carlos, mientras la mano del chico se hundía en su pecho, deteniéndolo en seco.

"Lo sentirás..."

El más pequeño del grupo se giró hacia la entrada del baño y asomó la cabeza con cautela antes de volver y hacer un gesto afirmativo a los otros.

"Está despejado", informó el que estaba junto a los lavabos, justo cuando el mayor cerraba el puño.

"A ver si tus papá y mamá pueden salvarte de esta."

El estómago de Carlos se contrajo violentamente cuando el golpe lo alcanzó. El aire se le escapó de los pulmones en una explosión brutal.

Cayó al suelo, las piernas cediendo bajo el peso del impacto.

Mientras se encogía de lado, sintió la patada del chico hundirse en sus costillas.

"Si vuelves a meterme en líos..."

Otra patada.

"...me aseguraré de que no vuelvas a levantarte."

Otra más.

Carlos sintió cada golpe retumbar en su cuerpo. Aún jadeaba, intentando recuperar el aire que su cuerpo le suplicaba, pero cada nuevo impacto lo dejaba más vacío. Un mar de destellos blancos cruzaba su visión y cada respiración se volvía más difícil. Las palabras amenazantes del chico que lo castigaba se desvanecieron en el eco distante de su propio pulso.

Por fin, el peso que lo oprimía se apartó y Carlos logró llenar sus pulmones del aire viciado del baño. Jadeó, y poco a poco las voces distorsionadas regresaron a su oído.

"La próxima vez", se burló el muchacho, "te dejaremos con la cabeza metida en el váter."

Carlos permaneció tumbado de lado mientras uno de los chicos se acercaba a la esquina del baño y comenzaba a orinar, su chorro salpicando las paredes y el suelo hasta que las últimas gotas cayeron.

"Diviértete limpiando tu cuarto, meón", escupió el

chico antes de girarse hacia los demás. "Vámonos de aquí."

El grupo se dio la vuelta y salió. Uno de los más pequeños escupió una flema espesa contra el espejo antes de marcharse.

Carlos se quedó en el suelo, el cepillo de dientes aún apretado entre sus manos llenas de marcas.

Podía sentir mil agujas clavándose en los pulmones con cada respiración entrecortada, y sabía que pasaría un buen rato antes de poder incorporarse. Solo rogaba en silencio que nadie más lo encontrara allí y terminara lo que los otros habían empezado.

Pasaron casi dos horas antes de que Carlos regresara a su habitación. Sentía los moretones extendiéndose por su costado, y cada respiración era como recibir otro golpe. Su ropa apestaba a baño sucio, y las marcas en sus manos ardían con un dolor constante y apagado.

Se desvistió despacio y se metió en la cama, encogiéndose mientras se giraba hacia la pared. No le quedaban lágrimas.

Esas se habían quedado en el suelo del baño, y sus sollozos se habían apagado en silencio entre los cubículos.

CASTIGO

Cuando Carlos despertó a la mañana siguiente, hizo una mueca al llevarse las manos a los ojos para frotar la legaña reseca. La paliza del día anterior había quedado olvidada durante la noche, pero volvió de golpe en cuanto intentó cerrar los dedos. Permaneció tumbado un momento, esperando a que el escozor remitiera, y luego dejó que los brazos descendieran con cuidado a los lados. Tenía la vista fija en la pintura gris y desconchada del techo, y oía los sonidos juguetones de los otros niños en el patio, filtrándose a través del cristal hacia la habitación vacía que lo rodeaba. Se quedó así un rato, hasta que al fin se incorporó despacio para sentarse en el borde de la cama. Mientras notaba el temblor eléctrico que acompaña a una noche de sueño intranquilo, escuchó algo golpecito a golpecito contra su ventana. Apartó la mirada de las tablas desgastadas del suelo y la llevó al cielo gris y nublado al otro lado del cristal. Se quedó un instante con el cuello estirado y, a continuación, se arrastró sobre la cama para conseguir un ángulo protegido desde el que mirar el paisaje de abajo: un campo verde salpicado de niños corriendo y bordeado por grandes árboles que se mecían y se perdían en el horizonte.

Estuvo observando el patio durante una vuelta del reloj y, justo cuando iba a apartar la vista hacia la pila de libros del escritorio, algo llamó su atención, algo fuera de lugar, algo peculiar. Sobre un tronco en mitad del terreno, se posaba lo que Carlos identificó de pronto como un pájaro de forma extraña. Tuvo que entrecerrar los ojos, pero con esfuerzo pudo distinguir lo que parecía ser el cuerpo de una personita diminuta, con alas de libélula aleteando en su espalda. Sus escamas eran de un verde apagado y, desde su ventana del tercer piso, casi podía apreciar la forma de lagarto de su cabeza. Se quedó mirando a la pequeña criatura escamada, plantada sobre el tronco gigantesco e inadvertida por los demás niños, y la vio girar la cabeza en su dirección, con las alas casi translúcidas vibrándole a la brisa. Durante un momento cruzaron la mirada y, tan rápido como la había descubierto, la criatura volvió el cuello y se internó dando un aleteo entre los árboles más allá del patio, desapareciendo en un suspiro.

Se quedó allí, con las manos apoyadas en el alféizar, preguntándose qué acababa de ver y si aún estaba a medio camino entre el sueño y la vigilia, cuando escuchó pasos que se acercaban por el pasillo. Se dio la vuelta deprisa y volvió a sentarse en el borde de la cama, lamentando no haber oído antes a la visita para al menos tener uno de sus libros abierto y listo.

"No es día para quedarse encerrado, joven."

Exhaló un leve suspiro de alivio al comprender que no era la cuidadora principal y dejó caer un poco los hombros, siguiendo la mirada del maestro hasta la pila de libros del escritorio. "No tardará en caer la nieve, y el rato de patio pasará a ser solo una vez por semana. Más te vale aprovechar mientras puedas."

Iba a protestar, a decirle al maestro que tenía prohibido salir durante el recreo, que le habían ordenado quedarse en su habitación como castigo, con la nariz metida en los libros que vigilaban desde la mesa.

"Los estudios seguirán aquí a tu vuelta", dijo el hombre mayor, con una sonrisa apenas dibujada. "Ve a jugar." El hombre se detuvo. "Solo se es joven una vez; conviene disfrutarlo mientras toca. Hazme caso."

Carlos asintió de nuevo, conteniéndose, mientras veía al maestro darse la vuelta y alejarse por el pasillo hasta disolverse en el eco de sus pasos.

Sabía que la cuidadora principal le había prohibido estrictamente las actividades de recreo, y que la sugerencia de un profesor ignorante de su castigo no era excusa para desobedecer; pero el maestro tenía razón, y tendría todo el invierno para estudiar, cuando no estuviera restregando la mugre de los baños comunes.

Se quedó sentado un instante, con la seguridad de su cuarto y sus estudios suplicándole que no saliera, y el sentido del deber zumbándole al fondo de la mente. Despacio, casi mecánicamente, se puso en pie y tomó la chaqueta ligera de lana del respaldo de la silla, respiró hondo y se dirigió hacia el pasillo. Mientras caminaba lentamente hacia la escalera del final del corredor, que llevaba al vestíbulo principal y de allí al patio, su pensamiento volvió a la criatura extraña que había visto. Se convenció de que debía de ser algún tipo de ave que nunca había visto, o un insecto anormalmente grande, o una imagen convocada por un sueño persistente. Esas cosas no eran reales, y había otros niños corriendo y jugando a su alrededor: de haber estado allí de verdad, seguro que alguno se habría fijado de inmediato y habría avisado a los demás de la presencia de aquel ser extraño. No... Había sido su imaginación. Estaba seguro.

Abrió la puerta principal de la mansión y lo recibió una ráfaga suave del frío otoñal. Se subió el cuello, metió las manos en los bolsillos y bajó los escalones. Se detuvo un momento, mirando el tronco enorme que yacía solemne e inmóvil, ocupando casi diez metros del patio; lo único que, o bien era demasiado grande para mover, o bien demasiado bajo en las prioridades del jardinero Connal. Escaneó con la mirada aquel gigante y, con un leve gesto de negación, se dirigió hacia la parte trasera de la propiedad. Al rodear el edificio, recordó por qué siempre acababa allí. Detrás reinaba la calma. Casi todos los niños se quedaban delante, donde estaban los columpios y los juegos, agrupados en pandillas, retozando y burlándose. Detrás del orfanato, en cambio, había paz, un retiro al que escapar con un libro o con sus ensoñaciones.

Exhaló lentamente, observando cómo su aliento

formaba una nubecilla de humo delante de él. Fingió por un instante ser un dragón, a punto de escupir fuego, y sonrió al doblar la esquina. Se encaminó hacia los árboles, hasta su lugar preferido y apartado: una gran roca plana justo al borde del claro. Era su trono, su alfombra mágica, el galeón español del que era capitán, pero sobre todo era donde pasaba los días de primavera y verano tumbado al sol, viendo las copas balancearse suavemente sobre él. Hoy, sin embargo, no era más que una roca.

Carlos trepó hasta lo alto de la piedra. Se acomodó despacio y se tendió boca arriba, dejando que la mirada se perdiera entre los árboles hacia las nubes gris oscuro que se formaban arriba. Cruzó los brazos sobre el pecho y se metió las manos en el calor de las axilas mientras contemplaba las figuras que se deslizaban en el cielo. El aire estaba fresco, rozando lo frío, y por un momento sintió cómo el cuerpo se aflojaba, con el murmullo de hojas y crujidos de ramas arrullándolo hacia una siesta.

Llevaba ya un rato en la roca, y los sonidos del otoño lo habían adormecido; la fina lana de su chaqueta lo resguardaba del aire de noviembre. No se dio cuenta de las voces hasta que las risas estuvieron casi encima de él, punzantes y altas, en violento contraste con la brisa y el trino lejano que bailaban en sus sueños.

Se incorporó y parpadeó, enfocando a un pequeño grupo de niños que se acercaba. Se limpió con la manga el hilillo de baba y, al bajar el brazo, se dio cuenta de que las carcajadas venían de dos niñas y de tres muchachos a los que ya había servido de presa muchas veces. Cuando sus ojos se posaron en el chico que se proclamaba jefe de la pandilla, la risita se cortó.

"¿Por qué te escondes tan atrás, meón?" se burló el chico, mirando a los demás en busca de aprobación.

"No me estaba escondiendo", tartamudeó Carlos en voz baja, con la vista saltando del grupo al edificio del orfanato. "Es que... me gusta este sitio."

"Pues entonces nos gustará aún más a nosotros", dijo el muchacho, dando un paso hacia él tras lanzar una mirada a los otros. "Este es nuestro sitio ahora." Le agarró la solapa de la chaqueta y tiró de él. Carlos intentó ponerse en pie y avanzar a la vez, pero perdió el equilibrio y cayó al suelo a sus pies; el sonido suave de la tela rasgándose acompañó el golpe contra la tierra.

"Ups", dijo el chico, mirándolo desde arriba con una sonrisa cruel. "Resbala, ¿eh?" Añadió una sonrisa dirigida al grupo. "Mejor ten cuidado al subir."

Carlos se abrazó el vientre y sintió cómo las lágrimas amenazaban con formarse detrás de los ojos. No podía llorar. No podía mostrar debilidad. Eso solo lo empeoraba, lo había aprendido. Recuperó el aliento poco a poco y se levantó, dándose la vuelta para alejarse.

"Espera", dijo otro cuando intentaba pasar. "Parece

que al meón se le ha roto la chaqueta." Se detuvo, lanzando una mueca maliciosa al mayor y a la chica que ya se habían encaramado a la losa. "Déjame arreglártela."

El chico agarró la chaqueta de Carlos con ambas manos y tiró con fuerza en direcciones opuestas, rasgando la tela desde la axila hasta el bajo. La prenda quedó abierta como una flor. "Así mejor", se rió. "Ahora tiene ventilación."

A Carlos le hormiguearon las manos mientras la mente le sugería toda clase de cosas que no podría decir ni hacerles. En lugar de eso, bajó la mirada hacia la chaqueta y contuvo las lágrimas. Se negó a mostrar debilidad. Vio que la camisa se le había salido por delante y notó el frío colándose por el desgarro. Solo quería escapar, así que se volvió y echó a andar hacia la mansión y la seguridad de su habitación. El aire frío le apretaba la piel bajo la prenda rota y aceleró el paso. Sabía que le castigarían por haber estropeado la chaqueta; solo esperaba poder ocultarlo el mayor tiempo posible.

Al subir los peldaños de la entrada, todas sus esperanzas de aplazar lo inevitable se desvanecieron, y un escalofrío gélido le atravesó las venas, más helado que cualquier viento de Massachusetts. En lo alto de la escalinata estaba la cuidadora principal. Ya había visto el destrozo antes de que él reparara en su presencia y, cuando alzó los ojos, supo que no habría escapatoria.

"¿Qué le has hecho a tu ropa? ¿Y por qué estás fuera cuando te prohibí estrictamente salir de tu habitación?"

Carlos sintió el miedo clavársele hondo.

"Lo... lo siento. El señor Rivers me dijo que debía salir..." La respuesta le salió débil y a trompicones. Sabía que, dijera lo que dijera, como mínimo lo tomarían por mentira. Quería gritar que habían sido los otros, que estaba a lo suyo cuando llegaron y le destrozaron la chaqueta para quedarse con su sitio. Quería contárselo todo, pero sabía que sus palabras no tenían valor para ella, y que el castigo que le impondrían los chicos cuando se enteraran de que los había delatado sería peor que cualquiera de los suyos. "Me caí al subir a un árbol", mintió, con la mente trabajando a toda velocidad para inventar una explicación viable para aquel tajo en su única chaqueta. "Fue un accidente."

"No solo has destrozado el abrigo que tuvimos la amabilidad de prestarte", gruñó, "sino que encima tienes la desfachatez de plantarte delante de mí y mentirme." Se detuvo, con el rostro enrojecido por la ira y el frío.

"No... no miento, lo juro. Estaba trepando a un árbol detrás y resbalé. Me enganché con una rama al caer. Lo siento."

"Dentro. Ahora", siseó.

Al cruzar el umbral, aquella sensación demasiado

familiar volvió a instalarse en su estómago, el pensamiento que parecía habitarle por dentro: Debí haberme quedado en mi cuarto.

Durante los tres últimos años, Carlos había aprendido de sobra a reconocer ese sentimiento. En un orfanato poblado en su mayoría por niños blancos, su tono moreno había provocado oleadas desde el principio. Y a los dos irlandeses recién llegados, la aparición de Carlos les supuso alivio inmediato: el foco pasó a un objetivo aún más cómodo. Pero fue el día de su accidente cuando todo se torció del todo, cuando quedó encaminado hacia la burla y el abuso. Y a ese momento, por alguna razón, fue adonde se le fue la mente mientras sus zapatos repiqueteaban por el corredor casi vacío.

Una mano solitaria quedó alzada en el aire, los dedos temblando con desesperación. Carlos, de diez años, se estremecía debajo, con las piernas apretadas y moviéndose apenas de un lado a otro, mientras el contenido del vientre amenazaba con escaparse. Sus ojos estaban clavados en la espalda de la maestra, que escribía en la pizarra un problema de multiplicación engañosamente difícil. Le pareció interminable el tiempo que tardó en volverse; cada segundo se arrastraba y los músculos de las piernas empezaban a vibrarle. Sabía que no debía hablar; en clase no se toleraban interrupciones, así que calló. Fue una eternidad de presión y ansiedad antes de que por fin se girara hacia el grupo y su mirada se posara en su mano alzada.

"Sí, Carlos", preguntó, peligrosamente despacio.

"¿Puedo ir al baño, por favor?"

Hubo una pausa dolorosa.

"Sea rápido, joven", respondió la maestra. "La clase estará esperando su pronta vuelta."

Carlos cerró el libro y se levantó, avanzando todo lo deprisa que pudo hacia la puerta cuando notó el calor recorriéndole la pernera hasta el suelo. Ella no se había dado la vuelta a tiempo.

Solo pasaron unos segundos antes de que los otros alumnos se dieran cuenta.

"¡Carli se ha meao en los panths!" anunció, exultante, un chico con fuerte ceceo en la primera fila, saboreando el instante que apartaría el foco de su impedimento y lo clavaría en el recién llegado. Hubo un latido de silencio mientras Carlos se quedaba inmóvil, el resto de la vejiga cayendo sobre las baldosas, y la clase entera estalló en oleadas de carcajadas. Él se hizo pequeño, con las lágrimas ya salándole las mejillas.

"¡Dios santo!", exclamó la maestra desde la seguridad de su mesa. "Vaya a los cuartos de los sirvientes, coja una fregona y limpie eso ahora mismo."

"Carli el meón, Carli el meón, pee pants Carli..."

El cántico reverberó cuando salió al pasillo, mientras una vergüenza punzante le corría por las venas como ácido, y el calor en la cintura se convertía en un escozor tenue. La voz de la maestra se impuso al fin, pidiendo silencio.

Al regresar, toda la clase le miró con una gran sonrisa maligna común mientras él fregaba su vergüenza del suelo. Miradas como cuchillos lo atravesaban, con gestos exagerados de asco y manos tapándose la nariz. El frente del pantalón seguía empapado y, al cruzar la mirada con la alegría cruel del chico del ceceo, supo que aquello no se olvidaría jamás.

"Por lo visto, su dificultad de aprendizaje viene acompañada de una notable afición a la mentira." Las palabras de la cuidadora principal cortaron el aire poco después, como una bofetada que lo devolvió en seco al pasillo vacío.

"Pero..." empezó Carlos, y la frase murió al entrar en la oficina de la directora.

"La lección que va a aprender ahora, señor Aguilar, más le vale recordarla." Sus ojos pasaron por encima de él hacia la sirvienta que fregaba en el pasillo. Hizo un leve gesto con la mano y la barbilla a la muchacha del pañuelo bien atado.

Carlos mantuvo la mirada al frente.

"Señorita O'Connor", dijo cuando la chica entró en silencio, "acompañará al señor Aguilar de vuelta a su habitación, donde pasará el resto de la semana, con la puerta cerrada con llave." Su mirada de serpiente descendió para encontrarse con la de él. "Quizá", siseó, con veneno en cada sílaba, "así tenga tiempo de reflexionar sobre las decisiones que ha tomado y sobre el camino que seguirá mientras esté aquí, en Embry."

Carlos guardó silencio, con un escalofrío tembloroso recorriéndole el frágil cuerpo.

"Señorita O'Connor", añadió, bajando la vista a la pila de papeles sobre el escritorio; empezó a ordenarlos como si la sala estuviera vacía.

"Oh, Carlos, mi chico", dijo en voz queda la joven sirvienta que lo acompañaba hacia el castigo. "¿Qué has hecho esta vez?"

"No he sido yo..." respondió Carlos con un quejido suave. "Nunca soy yo."

La chica calló un momento.

"Creo que iremos por el camino largo hasta el ala."

Carlos bajó la vista al mármol que iba deslizándose bajo sus pies. Siempre era lo mismo. Algún niño se metía con él, lo molestaba o le hacía daño, y siempre, siempre, lo único que veían los adultos era su reacción. Para los maestros y la directora, los otros eran santos, y él, un mentiroso compulsivo con alergia a la autoridad. Daba igual lo que pasara: la culpa caía sobre él de manera interminable. Era su maldición.

"Tienes que ignorarlo, muchacho", dijo ella, rompiendo el ritmo de los pasos. "Ya sé que no es fácil, pero a veces, la mejor manera de ajustar cuentas con los de alrededor es ignorar sus vilezas."

Carlos siguió callado, devolviendo la atención a la única persona que se fijaba en él.

"Cuando mi familia emigró de Irlanda hace diez años, pasamos por lo mismo que tú", continuó. El eco de los tacones sonó suave. "Lo nuestro quizá fue un pelín peor, aun."

Carlos alzó la mirada.

"Éramos decenas de miles, todos llegando a este gran país, esta tierra de oportunidad, como decían." Inspiró hondo. "La tierra era, y es, maravillosa. Pero a la gente no le gustaba que los irlandeses llegaran a montones. Nos odiaban."

"¿Y qué hicisteis?" preguntó Carlos, rompiendo su reserva.

"Ahí está el quid, chaval", sonrió Claire. "No hicimos na'. Ese era el problema. Solo éramos distintos." Tomó otra bocanada de aire y dobló el último pasillo que conducía al dormitorio. "A la gente no le sientan bien las cosas diferentes, ni lo que no entiende. La gente teme lo que no conoce. Y tú, chaval, eres distinto. Eres más listo que los otros, y eso les asusta. Tu piel es más oscura, y saben que, como te superan en número, creen tener poder sobre ti. En realidad, no valen más que tú. Parece que han olvidado que ellos también están atrapados aquí." Se detuvo, se inclinó y le apoyó las manos en los hombros. "Tienes que ignorarlo. Mientras permitas que sus crueldades te afecten, nunca pararán." Se inclinó un poco más, con la mirada clavada en la suya. "Lo único que les permite seguir castigándote eres tú."

Claire se irguió y sonrió, un gesto que se desvaneció en cuanto miró la puerta al final del pasillo. "Venga, terminemos con esto."

Carlos entró en su cuarto, la vista yéndose a la pila de libros sobre el escritorio.

"Piensa en lo que te he dicho, chaval", dijo Claire, deteniéndose para cerrar. "Volveré a echar un ojo en un ratín. Hasta entonces..."

Bajó la mirada, cerró la puerta y se alejó hacia el ala principal, sus pasos ligeros deshilándose en silencio.

Carlos se quedó mirando la puerta al cerrarse y el leve clic de la cerradura. Permaneció inmóvil unos minutos antes de ir a la cama, con sus palabras repitiéndose una y otra vez en la cabeza. Durante los cuatro días siguientes, su cuarto, ya de por sí pequeño, pareció encogerse. Tenía controladas las salidas al baño y la comida le llegaba fría, después de que los demás hubieran terminado. Por mucho que disfrutara de la soledad que le ofrecía su habitación, al último día la tensión se palpaba en el aire.

Cuando la puerta se abrió, la luna estaba alta en el cielo, con cintas gruesas de nubes deslizándose. La luz plateada bañaba el patio y convertía el bosque más allá en una pintura gótica. Carlos contemplaba el paisaje sombrío cuando el chasquido de la cerradura lo hizo girarse en la cama. La sonrisa de Claire se asomó y supo al instante que el castigo había terminado.

"Se te ha cumplido la condena, mi chico", dijo, abriendo la puerta de par en par y haciendo una reverencia con la mano extendida.

Carlos forzó una sonrisa.

"¿Has tenido tiempo de pensar en lo que te dije?"

Carlos asintió. Había tenido tiempo de pensar en muchas cosas, encerrado: en sus padres, en cada momento amargo vivido en el orfanato y en lo que haría cuando fuera lo bastante mayor para marcharse. Pensó en las cosas crueles que le gustaría hacerles a los otros niños y en cómo se vería el edificio reducido a cenizas. Tiempo, había tenido de sobra.

"Bien. Pues que te sirva para no volver a meterte en un fregado así, ¿de acuerdo?"

"Gracias, Claire."

"De nada, Carlos", sonrió. "Y ahora, mantente lejos de los líos, ¿sí?"

Carlos asintió con una mueca de sonrisa mientras la sirvienta cerraba suavemente y se alejaba por el pasillo. Se quedó un instante mirando la puerta cerrada y luego se volvió a dejar envolver por el frío consuelo de su cuarto, sabiendo que ya no estaba sellado.

Regresó a la cama y dejó que la vista volviera a la ventana. A la mañana siguiente, volvería a sentir la hierba suave bajo los pies.

Tomó aire y lo expulsó, y, al hacerlo, el cristal frente al que se había acercado se empañó. Al expandirse la vaharada por la superficie, percibió un movimiento. Se detuvo, forzando la vista a través del velo, y luego pasó la manga para despejarlo.

Abajo, en el tronco, estaba la misma criatura de la semana anterior. Sentada con las piernas plegadas bajo el cuerpo, lo miraba mientras masticaba un objeto pequeño que sostenía entre sus diminutas manos. La cabeza le dio un tirón, ladeándola con un gesto mecánico, como un perro que oye un sonido nuevo.

Carlos se quedó absorto. No había forma de que estuviera alucinando lo mismo dos veces.

La criatura se detuvo, bajando la mirada hacia la entrada de la mansión. Se mantuvo así un momento; luego dejó caer el objeto que roía, alzó la vista hacia Carlos y, con un aleteo, se internó de espaldas entre los árboles rumbo al océano.

Carlos contempló un instante el hueco por el que había salido, hasta que la luz del farol del jardinero Connal captó su atención.

Observó cómo el jardinero recorría el perímetro de la arboleda y, cuando desapareció detrás de la mansión, Carlos por fin se volvió para sentarse en la cama.

Se llevó las manos a los costados y presionó, agradecido por la blandura del colchón. Miró con alivio la pila de libros del escritorio y el óleo del rostro de Jesús sobre la puerta. Le reconfortaba estar en su cuarto sabiendo que la puerta no estaba cerrada. La cuidadora principal había querido imponerle un tormento. Para Carlos, sin embargo, habían sido simplemente cuatro días en los que los otros niños no podían alcanzarlo.

LA FUGA

Carlos despertó con un bostezo, estirando los brazos cuanto pudo hacia los lados y las piernas hacia abajo, con los dedos de los pies curvados en la punta. Permaneció un momento así, mirando la mancha desconchada del techo, antes de incorporarse despacio. El reloj de la pared marcaba las nueve y cuarto; pasaron cinco minutos más antes de apartar la manta y dejar caer las piernas fuera de la cama. Se estiró otra vez y luego se puso en pie, caminó por el pasillo hasta el baño, donde se alivió, y regresó a su habitación. Se sentó al escritorio y abrió el libro de aritmética, tomó la pluma y el tintero. Durante las siguientes tres horas trabajó en problemas de matemáticas mientras fantaseaba con un mundo fuera del orfanato y con los niños de los cuentos maravillosos encerrados en las páginas de sus libros.

A las doce en punto se dirigió al comedor, ignoró las burlas de los mayores y llegó hasta su mesa. Comió en silencio, envuelto en su recién estrenada apatía. Cuando terminó, salió al patio; las palabras de la sirvienta le repicaban como un mantra en los oídos mientras paseaba por la hierba espesa y desoía las órdenes de la cuidadora principal.

"Lo único que les da poder eres tú."

Caminó sin rumbo, respirando el aire frío del otoño, hasta que se encontró frente al lugar donde había visto desaparecer a la extraña criatura. Un pequeño objeto blanco le llamó la atención, y se agachó para recogerlo. Le dio vueltas entre los dedos y se dio cuenta de que parecía solo un trozo de hueso viejo. Probablemente algo que el viento había arrastrado la noche anterior. Alzó la vista, examinó los árboles que se alzaban ante él y dejó caer el objeto sobre la hierba. Entonces advirtió lo que parecía ser un sendero sin uso que se internaba en el bosque. Estaba a punto de dar un paso cuando una voz cargada de rencor le cortó el avance. "¡Estoy hablándote a ti, meón!" gritó la voz, con palabras que rasgaron el aire a su espalda.

Se detuvo, tratando de recordar las palabras de la sirvienta, y se volvió despacio para encarar al mayor y a los dos que lo flanqueaban.

"¿Te crees que puedes ignorarnos y salirte con la tuya?"

"Creo que está intentando echarse un par", dijo, entre risitas, el más pequeño de los dos que estaban detrás.

Carlos miró nervioso de uno a otro. Repitió su mantra una y otra vez, con el nudo creciendo en el estómago.

"Ah, ¿sí?" respondió el cabecilla con una sonrisa depravada. "Pues ya se lo arreglo yo." Lanzó una patada con fuerza, dándole de lleno en la entrepierna.

Carlos cayó de lado con un quejido, las piernas encogiéndose instintivamente contra el pecho mientras las manos se le iban a cubrir la explosión de dolor entre las piernas.

"A ver si ahora te salen un par", se rió el chico, con los otros dos jaleando detrás.

El mundo de Carlos se volvió blanco.

Tendido en el suelo, el dolor le recorría el cuerpo. Sintió que algo se abría paso dentro de él, algo extraño. Empujaba a un lado el dolor y la vergüenza, y lo hacía deprisa. Carlos notó el ardor abrasador de la rabia.

Apretó los dientes y abrió los ojos con un gruñido bajo, fijándose en una piedra del tamaño de un puño que yacía al alcance, bajo el tronco. Apartó el fuego de la entrepierna y alargó la mano, incorporándose y lanzando la piedra con toda la fuerza que pudo reunir hacia el chico que se alzaba sobre él. Se oyó un crujido cuando el proyectil impactó de lleno en la frente del muchacho, seguido de un silencio breve, y luego el golpe sordo de la piedra al caer en la tierra. Entonces empezó a brotar la sangre.

Se quedó sentado, inundado por una sensación de alivio desconocida, mientras los tres chicos se quedaban paralizados y el otro caía hacia atrás, con la sangre manando de una gran brecha en la cabeza. Uno de los acompañantes chilló y echó a correr; el otro permaneció helado en su sitio, volviéndose pálido al contemplar a su ídolo tendido e inmóvil en la hierba.

Carlos arrancó la vista del cuerpo quieto y vio a otro

correr a toda prisa hacia la cuidadora principal, gritando. La observó fijar la mirada en él, con los ojos abriéndose al ver al niño sangrando en el suelo. Sabía que la línea tantas veces insinuada acababa de cruzarse. El miedo regresó.

La cuidadora llamó a otro adulto que vigilaba el patio y juntos se encaminaron con prisa hacia donde estaban Carlos y el chico herido. El pánico le llenó el pecho. Cuando los adultos iban ya a mitad de camino, con un grupo de niños pegado detrás como una jauría, Carlos se obligó a ponerse en pie y echó a correr por el sendero destartalado. Oyó gritos mientras se internaba entre los árboles, forzándose a seguir la vereda que aparecía y desaparecía. No sabía adónde iba; lo que sí sabía era que, en ese instante, su vida en el orfanato ya no sería la misma.

Al cabo de un rato aminoró el paso. Respiraba caliente y espeso, con los pulmones ardiéndole y el sudor bajándole por la espalda. Las voces a su espalda sonaban más cerca; miró rápido por encima del hombro y se puso a trotar. Los árboles pasaban a toda velocidad, arañándole el pecho y la cara. Bloqueó el escozor y siguió tan rápido como pudo hasta que, poco después, salió de la arboleda a una pequeña playa. Se detuvo en seco: a corta distancia, sobre la orilla pedregosa, había una barca de remos. Miró a derecha e izquierda y comprendió que el tramo de playa solo ocupaba la mitad del largo del jardín de la mansión y que la única salida estaba de vuelta por el sendero, por donde llegaban las voces. La espesura cerraba cualquier otra escapatoria: troncos apretados, ramas entrelazadas y zarzas con espinas. Se quedó mirando mientras el ruido se acercaba. Sin pensar, corrió hacia la barca y empujó cuanto pudo, liberándola de la arena y haciéndola resbalar hacia las olas lentas. El agua helada le mordió las piernas mientras la hacía avanzar, calándolo de cintura para abajo, y forcejeó para subirse. Los gritos sonaron más cerca y, apenas hubo trepado al cascarón, un grupo de chicos mayores irrumpió de entre los árboles. "¡Estás muerto!" gritó uno, mirando frenético la orilla en busca de alguna forma de alcanzarlo. "¡Era mi hermano, maldito enano!"

Carlos agarró los dos remos y empezó a bogar con toda su fuerza, alejándose despacio mar adentro.

Uno de los chicos recogió una piedra, echó el brazo atrás y la lanzó hacia la barca en fuga.

Carlos oyó el chapuzón cuando el proyectil cayó pesadamente en el agua, justo más allá del bote.

Unos instantes después, se oyó un crac seco y su visión estalló en un mar de blanco sembrado de estrellas.

EL VIAJE

Cuando Carlos por fin despertó, el sol del mediodía le golpeaba de lleno. La brisa del océano le atravesó el abrigo de lana hasta los huesos; el desgarro del costado era una ventana abierta para el aire frío del mar. Se incorporó despacio, con el dolor llenándole el cráneo y disparándose en todas direcciones. A su alrededor, por los cuatro costados, solo había un mar azul. No se veía tierra, solo un cielo interminable y una brisa salada y suave.

"¡Oh!" gimió, apretando los ojos y llevándose lentamente las manos a la cabeza, donde notó la sangre seca y costrosa bajo el cabello. La cabeza le latía; cada pulso del corazón golpeaba por dentro como un martillo. Abrió los ojos y miró al interior de la barca. Entre sus pies yacía una piedra del tamaño de un puño, el pequeño canto que le había abierto la brecha en el cuero cabelludo. Apartó la mirada y la dejó caer en su regazo, mientras el vaivén del mar lo mecía con dulzura.

Se quedó allí sentado, repasando una y otra vez los hechos. No podía volver a la finca Embry, ya no; esa era la única certeza. Y aunque quisiera, no sabía ni en qué dirección estaba. Solo había agua, agua hasta el horizonte por todos los lados. Pensó en cuán grave habría sido la herida del otro muchacho. ¿Lo habría matado? ¿Qué debía hacer ahora? ¿Le estaría buscando la policía? Las preguntas flotaban detrás del zumbido del dolor.

"¿Qué he hecho?" susurró en voz alta. "¿Por qué no podían dejarme en paz?"

Se detuvo y, de pronto, un grito le rasgó la garganta cuando la rabia, tan conocida, volvió a hervir. "¡¡¡OS ODIO!!!"

Aquel desahogo cayó sobre las olas vacías, llevando la barca diminuta a la deriva.

Durante el día y medio siguiente, flotó solo en el pequeño bote, con el balanceo interminable acompañado por el silencio, el mar llevándolo adonde quería. Pasaron dos días antes de que el hambre lo venciera y se encontrara hecho un ovillo en el fondo de la barca, mientras la corriente lo arrastraba cada vez más lejos.

LA ISLA DE LOS NIÑOS

Carlos se removió cuando el sonido de las olas golpeando una orilla pedregosa lo arrancó de su agotado sueño. Sobre él, una gaviota solitaria pasó planeando, dejando escapar un único graznido para anunciar su presencia. Mientras yacía en la barca, con el estómago doliéndole, miró al cielo, escuchando el leve roce del casco contra los guijarros de la playa. Se frotó los ojos secos y costrosos y observó el azul inmóvil sobre su cabeza, sintiendo el dolor punzante del hambre atravesarle las entrañas y el escozor del sol que le había quemado la cara. Por el sonido, supo que había llegado al lugar al que el océano había decidido llevarlo.

Permaneció allí unos minutos más, reuniendo las últimas reservas de fuerza para incorporarse con esfuerzo sobre el pequeño banco. Una vez sentado, su mirada cayó en la muralla de pinos que se alzaba a poca distancia de la orilla. Había llegado a lo que parecía ser una gran isla. Escuchó otro graznido del vigilante que se cernía arriba y alzó el cuello para ver al mirón blanco y negro deslizarse sobre él. La respiración se le volvió superficial mientras miraba la playa delante. Tenía la piel abrasada y sentía la ropa áspera y quebradiza a lo largo de los brazos y la espalda. Inspiró hondo, dejando que el aire salado le llenara los pulmones, y entonces vio un destello de movimiento junto a la línea de los árboles. Suspendida en el aire como un colibrí retorcido por la oscuridad, estaba la diminuta criatura del orfanato. Se mantuvo flotando un instante, el suficiente para cruzar su mirada con la de él, y luego giró, perdiéndose aleteando entre los árboles del bosque.

Carlos se quedó mirando un momento el lugar donde había estado la criatura, con una inquietud perpleja abriéndose paso en su interior, y entonces advirtió una estrecha tira de sendero que se internaba hacia el bosque. Sostuvo la mirada unos segundos más hasta que el rugido del estómago lo obligó a levantarse, y se puso en pie tambaleándose.

Le costó salir de la barca que aún se balanceaba, haciendo un peligroso baile con el poco equilibrio que le quedaba. Con poca gracia, alcanzó la orilla, todavía preguntándose qué podía ser aquella criaturita. Dio un paso y se detuvo, con el pánico creciendo al imaginar que, de algún modo, la barca lo había devuelto a la misma playa de la que había escapado, y que al internarse entre los árboles vería a la directora y al orfanato esperándole. Subió lentamente por la arena hasta la pequeña abertura que se abría en el bosque y contempló la arboleda inmensa y el portal secreto que se internaba. Se detuvo, con los ojos muy abiertos; el viaje en el mar, el hambre y el dolor tras los ojos se desvanecieron de golpe mientras miraba la barca y luego la playa de un lado a otro. Cuando recuperó el aliento, volvió a girarse y se adentró por el sendero.

Siguió el rastro durante casi una hora, hasta que se ensanchó y las copas se abrieron para dejar ver el cielo. Se tranquilizó mucho al darse cuenta de que era imposible que el tiempo fuese tan cálido si aún estaba en Massachusetts. Ya empezaba a sudar bajo la chaqueta rasgada, cosa que no habría ocurrido tan rápido, y menos con el otoño encima.

Prosiguió, con el leve trino de los pájaros llenándole los oídos y el olor del follaje exuberante danzando en la brisa. Empezó a olvidarse del viaje, del pinchazo de hambre en el vientre y de la pequeña criatura alada de rostro reptiliano. Se dejó hipnotizar por la belleza que lo rodeaba. El sendero estaba flanqueado por árboles enormes que se alzaban hasta un dosel lejano, y por helechos gigantes cuyas hojas lucían perlas de rocío. El bosque era una paleta inmensa de verdes frondosos y marrones densos, con una capa aterciopelada de musgo cubriendo los troncos de los gigantes caídos y las piedras enormes diseminadas. Observó cómo la luz filtrada por las nubes danzaba en la bruma del bosque en haces tornasolados, sembrando millones de pequeños focos sobre el suelo. El olor a roble y turba, mezclado con hojas secas y tierra mojada, le llenó las fosas nasales, y sobre el crujido suave de sus pasos alcanzó a oír un coro leve de trinos y aullidos lejanos. A su alrededor, el aire pesado parecía envolverlo en una manta espesa de tibia humedad.

Poco después, un sonido familiar se deslizó hasta sus oídos, despertando a la vez curiosidad y un miedo reflejo. Era la risa de un niño.

Carlos se detuvo en seco. Ladeó la cabeza y escuchó con atención, forzando el oído más allá de la música del bosque. Oía las aves que lo habían acompañado y el susurro fresco del viento otoñal entre las ramas del roble. Entonces volvió a oírlo. El sonido era claro, innegable. Al instante el corazón se le aceleró; la sangre le retumbó con el miedo renovado a un castigo inimaginable, quizá incluso a un correccional o al ejército. Se quedó inmóvil unos instantes antes de despegar los pies del suelo y avanzar despacio. No tenía adónde más ir.

Tres minutos y dos docenas de pasos se arrastraron con esfuerzo hasta que divisó lo que parecía el final del bosque y una extensión de hierba más allá. A medida que se acercaba, la risa crecía, y pronto oyó más voces infantiles uniéndose. Llegó al borde de los árboles y se detuvo, contemplando la escena desconocida que se desplegaba ante él.

A poca distancia, en medio del claro inmenso, se alzaba un castillo gigantesco. Era más grande de lo que nunca habría imaginado, colosal frente al orfanato. En la fachada que daba hacia él había un gran torreón circular y, por todas partes, torres redondas rematadas en puntas se elevaban hacia el azul moteado. En el centro destacaba un cuerpo cuadrado con una torre circular de tres plantas. Todo el castillo estaba construido con ladrillo gris desvaído, y el tejado era de pizarra oscura, igual que las cúpulas de las torres. Era un retrato perfecto contra el cielo intacto. Nunca había visto nada así fuera de los cuentos que le mostraron de pequeño y de los que hojeaba a escondidas en el orfanato.

Contempló la estructura un par de respiraciones más, y luego dejó que la mirada descendiera hacia el prado que la rodeaba. Vio niños corriendo y jugando: un grupo al pilla-pilla y otro pasándose una pelota. Era una escena completamente distinta a Embry. Esos niños parecían sin preocupación alguna, moviéndose por puro gusto, y no apiñados en pandillas cerradas. Los observó retozar, y entonces reparó en un muchacho algo mayor que venía hacia él desde el castillo. Se tensó al comprender que el otro tenía la mirada clavada en la suya mientras se acercaba. Se quedó inmóvil, viendo cómo llegaba.

"Debes de ser el que acaba de encontrar la isla", dijo el chico al llegar. "Tienes pinta de estar famélico."

Carlos lo miró, con el miedo y el recelo aún aferrados a él mientras una ráfaga de preguntas sin voz se le cruzaba por la mente.

"Bueno, en fin", continuó el muchacho, sin inmutarse ante la reserva de Carlos. "Soy Jack. Bienvenido a la Isla."

Carlos siguió callado, frunciendo el ceño con desconcierto. ¿Isla...? Luego rompió el silencio, apartando por un momento aquella hilera de preguntas. "¿Dónde estoy...?"

Jack sonrió al responder, con tono alegre e informativo. "Padre te lo explicará todo."

Carlos guardó silencio un momento. "¿Padre...?" No encontraba respuesta. Imaginó que el hambre y el golpe en la cabeza le habían envuelto la mente en una espesa nube de algodón. Sentía las sienes martilleándole y un dolor que le apretaba desde los lados.

"Por favor", dijo el chico, extendiendo una mano hacia el edificio enorme. "Sígueme, te está esperando."

Carlos quiso darse la vuelta y huir de nuevo al amparo del bosque. Había un presentimiento oscuro arañándole la piel al contemplar el castillo que se alzaba detrás del muchacho. Permaneció quieto, con el hambre y el cansancio frenando la fuga, la idea de comida y sueño tirando de él.

"Tranquilo", insistió el chico, ampliando la sonrisa. "Aquí estás más que a salvo. Esta isla es nuestro hogar."

Carlos apartó la vista de la arquitectura gótica y miró al muchacho, que se volvía ya para regresar al castillo.

"Vamos, entonces", lo llamó el chico, sin comprobar si lo seguía.

Carlos respiró hondo y movió un pie y luego el otro, mecánicamente, con deliberación forzada, cruzando despacio el manto verde que separaba el bosque de la mole. Pasó junto a dos niños que charlaban con un pequeño plato de fruta delante, y el estómago le rugió con violencia al verlo. El chico y la chica, de su edad poco más o menos, levantaron la vista y le sonrieron; la niña incluso le hizo un gesto con la mano.

Tardaron otros cinco minutos en llegar a la escalinata de la entrada principal. No era alta, pero sí ancha; en el abocinamiento de la base, Carlos comprendió que le costaría lanzar una piedra de un extremo al otro. Subió, dando tres pasos por cada peldaño que se adentraba más de un metro.

Cuando alcanzaron la cima de la escalera de granito blanco, se detuvo un instante para ver cómo el mayor tiraba de una de las pesadas puertas de roble, talladas con motivos ornamentales. Se volvió y le regaló otra sonrisa rápida. "Bienvenido a nuestro hogar."

El muchacho entró.

Carlos permaneció sobre el rellano un instante más, lanzó una última mirada desesperada al bosque y se volvió para seguir al otro al interior. Al dar el paso, sintió que el aliento se le escapaba.

Ante él se extendía un pavimento de mármol blanco, abarcando unos treinta metros en todas direcciones. A ambos lados del vestíbulo se abrían dos amplios pasillos que se adentraban en el castillo. Había una escalera majestuosa que imitaba a la del exterior, con peldaños más bajos, cubierta por una alfombra rojo oscuro que conducía al segundo piso. A los lados, en lo alto, dos grandes puertas arqueadas lucían tallas bellísimas y manillas de bronce pulido que emergían curvas desde el centro. Alzó la vista y contempló la lámpara más grande que había visto jamás: diez veces mayor que la de Embry, con cientos de cristales destellando a la luz de las velas sentadas en dos docenas de brazos plateados. Las paredes eran de gris pizarra, a juego con el tejado, y colgaban de ellas cuadros enormes con personajes de una época que desconocía. Entre ellos, tapices de blasones familiares se mecían levemente, y el aire llevaba el olor de las telas antiguas. A ambos lados de la base de la escalera se alzaban dos estatuas gigantes de lobos tumbados, con los ijares en tensión, como guardianes del gran salón. El castillo era descomunal, más allá incluso de su imaginación.

El otro muchacho se dirigió directo a la escalera amplia que ascendía, deteniéndose en la base para volverse hacia Carlos. "Por aquí", dijo, y su voz resonó en el salón mientras extendía la mano hacia lo alto y empezaba a subir.

Carlos lo siguió en silencio, con los ojos bebiéndose visiones que nunca habría creído posibles, tan fantásticas que parecía imposible que existieran. La casa que compartió con su familia cabría dentro del vestíbulo de aquel castillo, y todavía sobraría espacio para los cuadros y la lámpara.

Llegaron arriba y el chico lo condujo a la derecha por un largo pasillo que terminaba en una gran puerta de madera. No era ornamentada: gruesas tablas reforzadas con bandas de hierro forjado y una manilla de bronce. "Padre está justo dentro", dijo el muchacho, esbozando una sonrisa fugaz mientras se apartaba para que Carlos girara la manilla y entrara. "Está deseando conocerte."

PADRE

El aire frío recibió a Carlos cuando la puerta se abrió lentamente hacia el interior. "Adelante", resonó una voz profunda y serena desde el fondo de la estancia oscura, colmada de sombras. "Entra."

Carlos cruzó el umbral, estremeciéndose cuando el pesado roble se cerró tras él con un golpe sordo.

El hombre que hablaba, sentado en una gran silla al otro extremo, se inclinó hacia adelante; la luz que se filtraba desde una ventana cercana al techo iluminó sus facciones. Era mayor, y aun desde más de treinta metros de distancia, Carlos pudo distinguir la suave sonrisa y el brillo delicado en sus ojos. Tenía el cabello hasta los hombros, negro y desordenado, surcado de hebras plateadas. Vestía un manto oscuro como su melena, y estaba enmarcado por unas cortinas carmesíes que caían tras el pequeño estrado de tres escalones que sostenía su trono ornamentado.

El hombre lo llamó con una mano extendida. "Acércate, hijo mío", continuó la sombra desde su trono negro. "Déjame ver qué me ha traído este mundo perverso."

Carlos lo miró fijamente, con el miedo acumulándosele en el pecho mientras luchaba por obligar a sus piernas a moverse.

"Por favor."

Carlos respiró hondo, liberándose del punto donde se había quedado clavado, y empezó a avanzar despacio, observando la sala a medida que caminaba. Sus pasos cruzaban las losas de mármol negro veteadas de gris, y sus ojos se movían de un lado a otro a lo largo de las paredes. Del suelo al techo se extendía una franja de papel burdeos de tres metros de ancho que rodeaba toda la estancia. En ella colgaban cuadros oscuros, pinturas al óleo de lobos en parajes exóticos. Cada tres metros había un aplique de hierro forjado con velas apagadas y derretidas. Estanterías y mesas cubiertas de armas antiguas y reliquias decoraban los muros.

Al alzar la vista, vio la lámpara del fondo: un amasijo majestuoso de cuernos de ciervo retorcidos entre sí, coronado por gruesas velas mudas.

Se detuvo al pie de los escalones, la mirada fija en el hombre.

"Más cerca", dijo el desconocido con voz más baja. "Déjame verte."

Carlos avanzó con cautela, cada paso medido. A medida que se aproximaba al trono, vio las pequeñas arrugas que se extendían desde los ojos del hombre y una cicatriz ancha y dentada que descendía desde la mandíbula, perdiéndose bajo el borde del manto forrado de piel.

El hombre se inclinó hacia él, aspirando el aire a su alrededor antes de soltar un leve soplido. "El mundo en que habitamos puede ser demasiado a veces", comenzó, recostándose de nuevo en su asiento. "Y veo en tus ojos que no te es ajeno." Hizo una pausa, extendiendo la mano hacia un pequeño taburete junto al estrado.

Carlos se sentó, levantando la vista hacia las ventanas sucias que dejaban pasar con dificultad la luz del mediodía. Luego volvió la mirada al hombre.

"Mi compañero te ha estado vigilando durante algún tiempo."

Carlos se estremeció por dentro, el estómago contrayéndosele.

"Estoy seguro de que lo has visto."

El hombre sonrió, moviendo la mano sobre el brazo de la silla. "Criatura pequeña, de este tamaño, que vuela de un lado a otro."

Carlos asintió.

"¿Qué es?", preguntó suavemente, rompiendo la presión de la mirada del hombre.

El desconocido lo observó un instante, con un destello de duda en los ojos. "En todos los años que llevo velando por esta isla, aún no tengo respuesta para eso." Hizo una pausa; una sonrisa breve quiso asomarse, pero se desvaneció enseguida. "Llegó a mí hace mucho tiempo, cuando yo mismo arribé a esta isla." Otra pausa, y un leve gesto de ironía. "¿Un habitante anterior, quizás? No importa. Ahora busca a aquellos que son dignos de llamar a este castillo su hogar; a los que el mundo exterior no echará de menos."

Carlos lo vio desviar la mirada hacia el suelo por un momento, antes de volver a encontrar sus ojos, marcando un cambio en la conversación.

"Sé cómo fuiste tratado antes de llegar aquí. Por eso estás aquí. Todos los que viven en esta isla comparten una desdicha similar a la tuya." El hombre sonrió con suavidad, mirando un instante a su alrededor antes de volver a fijar su atención en el muchacho. "Esta isla es un refugio para los que, como tú, han sido marginados, odiados o rechazados por la sociedad, para los que el mundo no puede comprender." Hizo una breve pausa, bajó la mirada medio segundo y volvió a levantarla, un destello de vida reanimando sus ojos. "Este castillo es un hogar lejos de todo eso. Aquí somos una familia. No hay malicia ni odio, no hay envidia ni desprecio. Todos compartís un mismo lazo y, si lo aceptas, me gustaría ofrecerte un lugar entre nosotros, permitirte llamar a este palacio tu hogar." Su sonrisa se ensanchó, un brillo relampagueó detrás de sus pupilas, como si un recuerdo perdido lo llenara de entusiasmo. "Podrás comer cuanto desees, hasta saciar el corazón. Tenemos bosques que dan frutos todo el año y una abundante caza de jabalíes, ciervos y animales pequeños. Hay una biblioteca infinita para estudiar y tareas suficientes para mantenerte ocupado cuando no amplíes tu saber o descanses con tus hermanos y hermanas en los jardines."

Carlos lo observó con atención, y por un instante creyó ver un leve destello de ira o inquietud cruzar por los ojos del hombre, un cambio súbito que borró la calidez de su tono.

"Hay solo dos reglas, sin embargo, si decides quedarte." El hombre hizo una pausa, su mirada clavándose en él, la voz perdiendo su cordialidad. "La primera: no debes adentrarte en el ala inacabada del cuarto piso. Es privada y debe permanecer intacta." Su voz se volvió más baja, teñida de una helada desconfianza. "Y la segunda: jamás, bajo ninguna circunstancia, debes entrar en los bosques que nos rodean." Se detuvo de nuevo, mirando el suelo. "Hay una bestia que ronda entre los árboles y se alimenta de la carne de quienes son lo bastante necios para cruzar. Has tenido mucha suerte al llegar hasta el castillo. No quisiera que te ocurriera nada, así que te lo ruego."

Carlos sintió la piel erizarse al escucharlo, una capa de escalofríos recorriéndole los brazos.

"El monstruo es tan antiguo como la isla misma, y el bosque más allá del portón es su santuario, su terreno de caza. Nunca cruzará este límite, y nosotros jamás debemos cruzar al suyo. Es un pacto sellado mucho antes de mi llegada." Lo miró directamente a los ojos. "¿Ha quedado esto absolutamente claro?"

Carlos asintió, con la mirada fija en la cicatriz que descendía por el cuello del hombre. "Sí." Pensó en el trayecto desde la playa y el tiempo que había pasado entre los árboles. Podría haber muerto, o peor, ser devorado vivo. Sintió alivio al saber que había llegado sin conocer el peligro que lo acechaba.

El hombre notó su mirada fija en la herida. Inspiró despacio y exhaló. "El mundo es un lugar cruel", dijo, bajando el cuello del manto para mostrarle por completo la grieta inflamada. "Son muchos los que intentarían hacernos daño, incluso aquí..." Se detuvo, volviendo a subir el manto mientras una sonrisa delgada se dibujaba en sus labios. "Pero no te preocupes. Aquellos que lo intentaron ya no están entre nosotros."

Se recostó en su trono mientras la puerta de entrada se abría, dejando pasar una franja de luz que cortó la penumbra. "Ahora. Estoy seguro de que tienes hambre, y de que el viaje te ha dejado agotado, así que no te retendré más." Una diminuta sonrisa se insinuó en su rostro. "Jack", llamó al muchacho que se perfilaba en la puerta, "¿podrías acompañar a nuestro nuevo invitado a su habitación?"

Volvió la vista a Carlos, sus facciones nuevamente cálidas y acogedoras. "Puedes quedarte tanto como desees. Me honraría que hicieras de este tu nuevo hogar, y que con el tiempo consideres a los demás como tu familia." Extendió una mano hacia la salida. "Jack te llevará a tus aposentos. Mientras te adaptas a los horarios, te harán llegar comida a tu habitación. Él lleva aquí más tiempo que nadie y podrá responder cualquier duda que tengas, o que te surja." Sonrió, los dientes brillando en la tenue luz. "También haré que te preparen un baño caliente. Seguro que eso te vendrá de maravilla, ¿verdad?"

Carlos asintió. "Gracias."

El hombre inclinó la cabeza. "Nos veremos en la cena entonces."

Carlos se volvió y comenzó a caminar hacia el fondo de la estancia, donde lo esperaba el joven apenas mayor que él. Echó una última mirada hacia la figura inmóvil en el trono y luego siguió al muchacho hacia su nueva habitación.

Padre observó al recién llegado avanzar hacia la puerta y reparó en su postura encorvada, en la dificultad que tenía para mantener la mirada.

Este niño ha pasado por mucho, pensó para sí.

"Correrá", gruñó una voz desde una grieta oscura en su mente, una jaula interior con el candado roto. "Y nosotros lo cazaremos."

Padre se estremeció al sentir un aliento fétido cruzar invisible ante su rostro.

"No", susurró, cuando la puerta se cerró y volvió a quedarse solo en la habitación.

LA PESADILLA

Carlos caminaba en silencio, siguiendo al chico mayor por el largo pasillo, más allá del vestíbulo y hacia otro corredor que conducía a los pasillos conectados en los extremos opuestos del castillo. Sus ojos rozaban cada superficie a medida que avanzaban: enormes cuadros cubrían las paredes, con candelabros de hierro colgando a intervalos regulares, y la decoración que adornaba los muros era tan imponente que superaba incluso su viva imaginación. Jamás había estado dentro de un edificio tan vasto y, por un momento, temió que pudiera perderse en su interior.

Habían caminado durante unos diez minutos cuando el otro muchacho le preguntó:

"Supongo que Padre te explicó las normas, ¿verdad?"

Carlos asintió, y luego recordó que caminaba detrás del chico. "Sí", respondió suavemente.

"¿Y las has entendido?"

Carlos volvió a asentir, acompañando el gesto con otra respuesta breve.

"Bien", dijo el otro, deteniéndose en mitad del pasillo, su voz arrastrando un acento que Carlos no había oído nunca. "Esta será tu habitación." El muchacho extendió la mano, giró el pomo de latón frente a él y abrió la puerta. Carlos observó cómo una tenue luz se filtraba hacia el pasillo desde una ventana abierta en el interior. "La cena se servirá exactamente dentro de una hora", continuó, "pero como acabas de llegar, Padre ha pensado que lo mejor sería que te trajeran la comida. Por favor, tómate tu tiempo para instalarte; te la traerán enseguida. Esta es el ala de los dormitorios, y aunque no hay una hora fija para acostarse, te pedimos que respetes a los demás y mantengas el silencio durante la noche." Hizo una pausa antes de darse la vuelta. "Y siéntete libre de organizar el cuarto a tu gusto. Este es tu hogar ahora."

Carlos se quedó de pie en el centro de la habitación, contemplando la gran cama mullida y las cortinas color chocolate. "Gracias", susurró con asombro, sin darse cuenta de que el chico ya había desaparecido.

Se acercó a la ventana y miró hacia fuera. Ante él se extendía, bajo un manto azul inmóvil suspendido en el cielo, el lado oeste del terreno. El verde prado se alargaba casi doscientos metros hasta el bosque del fondo. Podía ver niños corriendo y jugando; algunos tumbados sobre la hierba, y un grupo haciendo carreras cerca del castillo. Mientras sus ojos se acostumbraban a su nuevo entorno, algo llamó su atención. Sentada sola, junto a los árboles, había una niña. Tenía la cabeza inclinada y leía un pequeño libro apoyado sobre su regazo. La observó un instante. Desde la ventana podía distinguir que era más o menos de su edad, con el pelo castaño oscuro cayéndole en rizos suaves detrás de las orejas, justo por encima de las páginas. Una ráfaga de viento le soltó un mechón, que cayó frente a su rostro. Ella se detuvo, apartó con delicadeza los rizos con los dedos y luego levantó la vista, mirando directamente hacia la ventana donde él se encontraba.

Carlos se apartó de golpe, ocultándose en la habitación, esperando a que su corazón recuperara el ritmo normal. Después corrió las cortinas y se volvió hacia la cama, deteniéndose un instante para admirar lo alta que era. Era más grande y más blanda que cualquier cosa que hubiera visto. No había pasado ni un minuto desde que se hundió entre las mantas cuando ya estaba dormido, roncando suavemente, sin advertir siquiera que el chico mayor había entrado para dejar su cena sobre el escritorio.

* * *

"¡Agarradle los tobillos!"

Carlos forcejeaba contra los tres pares de brazos que lo sujetaban contra el suelo rocoso. Escuchaba el graznido de las gaviotas sobre el mar cercano y el sabor a sangre le llenaba la garganta mientras suplicaba entre lágrimas que los muchachos arrodillados sobre él se detuvieran. "Por favor", rogó, las lágrimas cayendo sobre la tierra. "Fue un accidente, lo juro."

Sintió cómo lo levantaban en vilo, la sangre precipitándose a su cabeza mientras trataba de sostenerse con las manos.

"Mataste a mi hermano", gruñó el chico mayor que estaba frente a los demás. "Y ahora vas a pagarlo."

Los dos que le sujetaban los pies avanzaron lentamente hasta el borde del acantilado y lo sostuvieron sobre el vacío.

Carlos miró hacia abajo y vio las olas estrellándose en una bruma blanca contra las rocas colosales. Raíces sobresalían del muro casi liso del precipicio, marcando la pared hasta donde alcanzaba la vista. Podía sentir su corazón martilleando dentro del cráneo, cada latido explotando en su cabeza. El sabor metálico se volvió más intenso a medida que la boca se le secaba.

"Esto es lo que te pasa, meón", escupió el chico, el pelo despeinado agitándose en el viento.

"Por favor", suplicó Carlos, sus palabras arrastradas por las ráfagas. "Fue un accidente."

El otro se inclinó, y su aliento, rancio y agrio, le golpeó la cara. "No hay nadie que te salve esta vez, Carli." Luego se incorporó, miró a los otros y de nuevo a Carlos, y una sonrisa delgada se extendió por su rostro.

Sintió cómo el estómago se le contraía, incluso antes de que llegara la patada.

El golpe le hizo soltar un gemido ahogado, y enseguida las manos que lo sostenían se soltaron. En un instante estaba cayendo. Sintió el viento desgarrar su ropa, el corazón golpeando como un tambor mientras las rocas se abalanzaban hacia él. Ramas sueltas pasaban zumbando a su lado, arañando el aire, y cuando las piedras llenaron su vista, abrió la boca para gritar.

* * *

Carlos se incorporó de golpe en la cama, empapado en sudor, el corazón latiendo tan fuerte que podía oírlo resonar en la habitación. Tenía la boca seca y las lágrimas aún marcaban surcos salados en sus mejillas. Se llevó las manos al estómago, donde acababa de recibir la patada instantes antes, sintiendo aún la presión fantasmal en la piel. Pasaron varios minutos antes de que comprendiera que solo había sido un sueño y que seguía vivo. Otros tres más antes de recordar el lugar extraño en el que se encontraba: el viaje en el barco, la mansión, y la figura de Padre encajando lentamente en su memoria.

Se levantó y fue hasta la ventana, apoyando las manos en el alféizar de madera fría. Su mirada se perdió en el bosque oscuro bajo él, su respiración empañando el cristal. Todavía podía oír el latido insistente en sus oídos. El tiempo pasó lentamente antes de que levantara la vista hacia el cielo, donde la gran luna llena brillaba entre un puñado de estrellas dispersas. Inspiró profundamente y soltó el aire en una serie de temblores. Luego bajó de nuevo la mirada hacia los bosques plateados.

Estaba a punto de darse la vuelta cuando un movimiento captó su atención: una sombra deslizándose entre la oscuridad. Contuvo el aliento, presionó el rostro contra el vidrio y entornó los ojos hacia la línea de árboles al borde del claro. A medida que su vista se ajustaba, distinguió una silueta agazapada entre los troncos, grande y negra. La observó, sus ojos componiendo una visión monstruosa de formas que cambiaban con el viento, hasta que vio un destello: ojos reflejando la luz de la luna.

En el límite del bosque se alzaba una criatura enorme, de cuerpo lobuno encorvado, con dos esmeraldas ardientes brillando en la negrura y un hocico apenas visible que se movía lentamente. Carlos se quedó mirando, el pensamiento agitándole la mente, cuando el rostro del ser giró, fijando la mirada en la ventana donde él permanecía inmóvil.

Carlos se paralizó. Su cuerpo gritaba que huyera, sus piernas rogaban permiso para moverse, pero sus ojos estaban encadenados a aquellas gemas verdes que lo observaban desde abajo. Sabía que era imposible; estaba a más de cien metros, con el viento y un grueso cristal entre ambos, pero cuando la criatura enseñó los colmillos irregulares, juraría haber escuchado un gruñido.

Sus rodillas cedieron y se dejó caer, girando sobre sí mismo hasta quedar con la espalda contra la pared. Su mente bullía con la imagen que acababa de presenciar, las posibilidades desbordándose en un torrente incontenible. El corazón le martilleaba, y necesitó cinco respiraciones más antes de reunir valor para levantarse y mirar de nuevo por encima del alféizar.

Sus ojos se clavaron en el pequeño grupo de árboles que sobresalían un poco más que los demás. Solo quedaban los pinos antiguos y las ramas que se mecían perezosas bajo las ráfagas.

"¿Qué era eso?", pensó, mientras sus ojos escudriñaban la línea del bosque, buscando con desesperación un movimiento, una sombra fuera de lugar. Miró hasta que el sueño volvió a arrastrarlo lentamente, y entonces se dio la vuelta y regresó a la cama.

"Solo un sueño", se dijo en silencio mientras se acurrucaba entre las mantas, dejando que el calor y la oscuridad lo envolvieran. "Solo un sueño..."

LA PRESENTACIÓN

Cuando Carlos despertó, una delgada línea de luz solar derramaba su calidez a través de la habitación. Se frotó el sueño seco de los ojos y dejó que su mirada se perdiera en las motas de polvo que flotaban dentro del haz dorado. El calor de las mantas y la suavidad de la almohada lo invitaban a seguir envuelto en su refugio, pero el sonido de pasos cruzando el pasillo frente a su puerta despertó su curiosidad. A regañadientes apartó las sábanas y se incorporó.

Al posar los pies sobre la madera antigua, miró hacia el pequeño escritorio y vio que su ropa estaba doblada con esmero y perfectamente colocada. Confundido, se levantó y se acercó despacio, dándose cuenta de que alguien había entrado durante la noche, la había lavado y vuelto a dejar allí. Se vistió lentamente y caminó hasta la ventana, sus ojos buscando instintivamente el pequeño grupo de árboles que destacaba a lo lejos. Sonrió para sí mismo y negó con la cabeza, girando para salir hacia el pasillo donde los pasos seguían resonando. Los monstruos no eran reales, al menos no los grandes.

Al abrir la puerta, vio un grupo de niños avanzando hacia el comedor. Uno de ellos sonrió y lo saludó cortésmente al pasar; Carlos asintió en respuesta, su voz aún dormida atascada en la garganta. Cerró suavemente la puerta de su habitación y se unió a la procesión somnolienta que avanzaba por el inmenso pasillo. Ya podía oler la comida flotando en el aire: pan recién horneado y dulces aromas que anunciaban un desayuno esperándole, fragancias que le resultaban extrañas y maravillosas. Solo una vez en su vida había olido algo tan delicioso, durante el sexagésimo cumpleaños de su antiguo director. A medida que se acercaba, la saliva se acumulaba en su boca y sus pasos se aceleraban.

Giró la esquina hacia una puerta grande y abierta, y casi lo chocaron por detrás cuando se detuvo en seco. Frente a él, extendidas sobre cuatro enormes mesas a cada lado de la estancia, se desplegaban bandejas repletas de comida. Había panecillos humeantes con mantequilla recién batida apilada al lado, una gran fuente de huevos revueltos cubiertos de queso fundido, cuernos de la abundancia rebosantes de fruta, sus colores ardiendo contra el fondo del papel oscuro de las paredes. Se quedó petrificado, contemplando cómo los demás niños avanzaban ordenadamente, tomando platos y sirviéndose con naturalidad antes de sentarse a comer entre murmullos y risas. Carlos nunca había visto nada igual.

"Coge un plato", dijo el chico que la noche anterior lo había acompañado a su habitación, entrando detrás de él.

Carlos salió de su trance y se dirigió al soporte de latón donde descansaban los platos. "¿Es alguna celebración?", preguntó mientras tomaba uno de los platos de porcelana ornamentada.

"¿Celebración?", respondió el otro con una sonrisa desconcertada. "No… solo es el desayuno."

Carlos lo miró un momento, los aromas envolviéndolo como una ola. Tomó con cuidado un panecillo y untó un poco de mantequilla encima. "Hay tanta comida", murmuró mientras añadía una porción de patatas a su plato.

"Te acostumbrarás", dijo el chico mientras colocaba cuatro tiras de beicon glaseado en el suyo. "No hace falta contenerse. Siempre hay de sobra."

Carlos se detuvo un momento, observando al muchacho mientras el suave murmullo de la sala crecía a su alrededor. "¿Es así todas las mañanas?"

El otro sonrió y asintió, haciéndole un gesto para que continuara.

Carlos siguió llenando su plato, los ojos pidiendo más de lo que su estómago podría soportar, y luego se dirigió a una mesa cercana al borde de la estancia, los viejos hábitos aún aferrados a él. Empezó a comer despacio, observando cómo los demás hablaban y reían mientras él daba cuenta del festín frente a sí. Cuando terminó, se levantó y llevó su plato al gran cubo donde los otros dejaban los suyos. Colocó la vajilla dentro y se volvió hacia el pasillo, dispuesto a salir hacia la entrada de la mansión. Caminaba hacia la luz del exterior cuando escuchó que alguien lo llamaba.

"Carlos."

Se giró y vio a Jack saliendo del comedor.

"Asegúrate de estar de vuelta para las siete", dijo. "A Padre le gusta que cenemos todos juntos."

Carlos asintió y lo observó perderse por el pasillo a su derecha. Permaneció quieto un momento, dejando que la realidad se asentara poco a poco dentro de él. Luego giró y descendió por los enormes escalones hasta los terrenos, el manto de hierba suave extendiéndose ante él.

Caminó hasta el borde de la mansión y comenzó a rodearla, sus ojos repasando cada superficie. Se desplazaba por el césped en una especie de ensoñación, su cuerpo flotando como una polilla llevada por la brisa. Jamás había imaginado un lugar así: las torres elevándose hacia el cielo y las vidrieras reflejando la luz del sol. El aire estaba impregnado con olor a pino y flores en flor; el frío del otoño de Massachusetts ya parecía un recuerdo lejano. Sentía que no solo había llegado a otro lugar, sino también a otro tiempo. Flores abiertas, mariposas revoloteando y un aire tibio que olía a primavera.

¿Cómo es posible?, pensó mientras doblaba la esquina posterior de la mansión.

El paseo hasta la parte trasera le llevó casi una hora, y el desayuno pesaba agradablemente en su estómago. Se acercó a una fuente de mármol seco que destacaba del edificio y trepó al borde circular que rodeaba la gran estatua de un ángel vertiendo agua de una jarra. Se sentó un momento y luego se recostó, sintiendo cómo el calor del sol traspasaba su camisa y calentaba la piedra bajo su espalda. Inspiró hondo, imaginando lo agradable que sería si la fuente aún fluyera con agua.

"Eres el chico nuevo, ¿verdad?"

Carlos dio un respingo y resbaló hacia atrás, girando de lado casi hasta caer tres metros dentro del lecho de hojas secas que cubría la base vacía. Mientras se incorporaba, con el rubor subiéndole a las mejillas, vio a la chica que había estado leyendo el día anterior. Sostenía el libro entre las manos, una sonrisa formándose en su rostro.

"No quería asustarte", dijo, llevando el libro detrás de la espalda con ambas manos.

Carlos la observó, viendo cómo la luz del sol jugaba entre sus rizos castaños, arrancando destellos dorados sobre su piel joven y aceitunada.

Su respuesta se perdió en el abismo de sus ojos color avellana.

"Soy Isabella", dijo la muchacha, sacando una mano de detrás y tendiéndosela.

Él miró su mano y luego su rostro, avanzando despacio para estrechársela. "Carlos", respondió con timidez.

"Te vi llegar ayer", dijo ella, retirando la mano y

dando un pequeño paso atrás.

Él asintió, el sonrojo aún atrapando sus palabras.

La chica lo miró durante un instante, la curiosidad brillando en su mirada. "¿De dónde eres?", preguntó con suavidad.

Carlos permaneció en silencio unos segundos más antes de abrir los labios. "De Boston", dijo en voz baja, su respuesta reducida a una sola palabra mientras se sentaba en el borde y dejaba las piernas colgando.

La voz de ella tenía un acento musical que él nunca había escuchado. "Oh", respondió ella sin emoción aparente, su tono dejando a Carlos dudando si realmente le interesaba. "Supongo que algo malo pasó... y despertaste en la isla, ¿no?"

Carlos la miró en silencio, viendo cómo en su mirada se reflejaba una melancolía familiar.

"Es una historia parecida con todos", añadió con naturalidad, una leve sonrisa cruzando su rostro al notar que él apenas podía procesar sus palabras. "Y ahora tú también."

Él asintió otra vez.

"No hablas mucho, ¿verdad?", dijo ella, sonriendo más abiertamente.

"Es que... nunca tuve a nadie con quien hablar", murmuró Carlos con vergüenza. "No tenía muchos amigos, allá donde vivía."

"Oh", respondió ella, su sonrisa apagándose un

poco. "Lo siento."

"No pasa nada", dijo él, alzando la mirada para encontrarse con la suya.

Durante un instante, solo el viento habló entre ambos; el canto de los pájaros sonaba lejano, casi como un suspiro.

"Bueno", dijo Isabella con una sonrisa cálida. "Encantada de conocerte, Carlos." Hizo una breve pausa, su sonrisa atrapando a Carlos en el lugar. "¿Nos vemos en la cena?"

Él asintió, observando cómo se daba la vuelta y se alejaba rodeando la mansión. Tan rápido como había aparecido, desapareció.

Carlos permaneció allí sentado un rato, una sensación extraña recorriéndole el cuerpo: una mezcla de nerviosismo y curiosa emoción. Se sorprendió sonriendo.

Poco después apartó la mirada del punto donde ella había desaparecido y volvió a recostarse sobre la piedra templada. Antes de darse cuenta, el calor bajo su espalda y el canto distante de los pájaros lo arrullaron de nuevo hasta el sueño.

LA CENA

El sol ya había iniciado su descenso cuando Carlos despertó. Largas sombras se deslizaban por la hierba; la silueta de los pinos gigantes más allá del claro se alargaba a medida que la luz de la tarde se apagaba. Se incorporó y, en el breve lapso que tardó en levantarse, comprendió que había dormido casi toda la tarde. Los últimos tres días le habían pasado factura y aún notaba el cansancio pegado a los huesos. Deslizó las piernas por el borde de la fuente y se puso en pie; una brizna de frío vespertino le rozó la piel. Se frotó los ojos, y el leve escozor de la quemadura del sol le susurró que había dormido demasiado. Inspiró hondo y emprendió el camino de regreso al dormitorio.

Mientras cruzaba los terrenos, su mente volvió al orfanato. Pensó en Claire y en cómo estaría. Probablemente se habría preocupado al ver que desaparecía. Pensó en la directora y en la suerte que había tenido de no ser atrapado. Rostros de crueldad parpadearon en su memoria, y el abrazo helado de su antigua habitación le recorrió la piel con un toque glacial; juntó las manos y las frotó, sintiendo el hormigueo fantasma en los nudillos. Tomó otra bocanada de aire tembloroso y dejó que el recuerdo de Isabella lo calentara por dentro. Nunca había hablado con una chica más allá de las conversaciones forzadas en clase, pero había algo en ella que lo calmaba, entreverado con una nerviosidad desconocida. Algo en ella le hacía sentirse bienvenido, a salvo. No tenía idea de dónde estaba y, pese a la aprensión persistente, lo único que le había dado un poco de alivio desde su llegada había sido aquella breve conversación. Las chicas le gustaban, claro; las había considerado bonitas, e incluso una vez le habían sorprendido mirándola demasiado tiempo en clase. Aquello terminó en otra situación embarazosa para ambos. Pero esto no era esa sensación. Era distinta: cálida y acogedora, una bocanada de serenidad que lo llenaba de expectación, una sensación que sabía que no se disiparía hasta su próximo encuentro. Sonrió, mientras la brisa de la tarde le envolvía al aproximarse a la fachada de la mansión.

Subió los escalones delanteros sin prisas, admirando la piedra pulida. Otros dos niños avanzaban hacia el castillo desde el césped, charlando entre risas, pero los demás ya estaban dentro. Cruzó el vestíbulo, y una suntuosa mezcla de aromas le inundó los sentidos. De nuevo se le hizo agua la boca mientras se dirigía al comedor. Aún notaba los efectos de lo que posiblemente había sido el desayuno más copioso de su vida, pero a medida que se acercaba a los efluvios danzantes, el hambre regresaba.

Entró en la sala, llena de decenas de niños, y se detuvo; sus ojos buscaron instintivamente un lugar en el borde, lo más alejado posible de los demás. Cuando la garra del pánico empezaba a apretarle el pecho, oyó su nombre.

"¡Carlos!"

Giró la cabeza hacia la voz familiar al otro lado del salón y vio a Isabella de pie junto a una mesa cercana al final, la mano alzada en un saludo inmóvil.

Se quedó mirándola un segundo, aún sin creer que se dirigiera a él. Tras lanzar una mirada rápida por encima del hombro, empezó a caminar hacia ella.

"Te guardé sitio", dijo cuando llegó, retirando el libro de la silla contigua.

"Gracias."

Seguía nervioso; le resultaba extraña la amabilidad de alguien a quien no conocía. Miró los platos que llenaban la mesa mientras acercaba la silla: un gran jamón, verduras al vapor y un cuenco de frutas exóticas. El vapor se elevaba lentamente, y tardó unos instantes en apartar la vista. Jamás había visto comidas así. Su pasado estaba hecho de gachas y pan, con rarísimas ocasiones de una fina rebanada de pastel de chocolate, un lujo de cumpleaños cuando el orfanato podía permitírselo. Con sus padres, las comidas eran sencillas y pequeñas, lo justo para calmar el hambre con el modesto sueldo de su padre. Aquello era un banquete de cuento, digno de reyes y reinas.

Isabella lo observó con curiosidad mientras su mirada quedaba hipnotizada por la comida. Era callado y tímido, y eso le gustaba. Los demás niños solían ser ruidosos y alborotadores, cruzando los pasillos como jaurías. El chico a su lado era distinto.

"Dijiste que no tenías muchos amigos", susurró, inclinándose hacia su oído. "Yo tampoco", añadió, aproximándose un poco más cuando él la miró, una sonrisa creciendo en su rostro. "La mayoría aquí son un poco raros."

Carlos sonrió cuando ella volvió a incorporarse, la sonrisa encendiendo el brillo bajo sus ojos castaños. "¿Siempre es así?", preguntó, elevando la voz lo justo para hacerse oír entre el murmullo.

"¿La cena?", replicó ella, con un destello inquisitivo.

"No. Todo." Hizo una pausa, leyéndole la cara y comprendiendo al instante que ella no sabía a qué se refería. "Quiero decir... no lo entiendo. ¿Qué es este lugar? ¿Dónde estamos? ¿Por qué solo hay niños? ¿Dónde están los adultos?"

Isabella notó cómo las preguntas se enfriaban en el aire entre ambos, sin respuesta. Había perdido la cuenta de las veces que se las había hecho a sí misma. Tomó aire para decirle que, en su opinión, ninguno de ellos lo sabía, cuando el sonido de una gran puerta abriéndose cortó la conversación de raíz, y todas las cabezas se volvieron hacia la enorme hoja de roble al fondo de la sala.

Carlos observó al único adulto que había visto desde

su llegada dirigirse a la gran mesa solitaria junto a la puerta. A quien llamaban Padre retiró la silla y se sentó despacio, dejando que su mirada sobrevolara el salón abarrotado. Una sonrisa acogedora empezó a dibujarse en su rostro y, en ese instante, la pequeña criatura entró revoloteando detrás, se detuvo un momento tras su respaldo y ascendió hasta posarse en un alféizar cercano al techo.

"Me siento bendecido de teneros aquí", comenzó, posando la mirada uno por uno en los niños. "Como he dicho incontables veces, la sociedad os ha señalado como parias, como piezas defectuosas en su engranaje cambiante." Sus ojos siguieron su itinerario. "El mundo más allá de esta isla ha concluido que allí no hay lugar para vosotros." Se detuvo, y su mirada se posó en Carlos. "Pero aquí", dijo, hundiendo el gesto, "siempre lo habrá. Aquí sois familia, todos: hermanos y hermanas, amigos y compañeros. Aquí… está vuestro hogar."

Carlos sostuvo la mirada de Padre, con el eco de sus palabras aún vibrando en el comedor.

"Y puesto que somos familia", prosiguió, dejando que sus ojos recorrieran de nuevo la sala, "me gustaría que dierais la bienvenida a vuestro nuevo hermano."

Carlos notó el rubor subirle a las mejillas y su cuerpo quiso encogerse.

"Carlos", dijo Padre, alzando la mano. "¿Podrías ponerte en pie?"

Vaciló un instante; sentía decenas de ojos clavándose en él.

"Tranquilo, hijo", dijo Padre, ampliando la sonrisa. "Estás entre familia."

Sintió un leve toque en la pierna. Rompió la parálisis y miró a Isabella, que le hizo un pequeño gesto con la cabeza para animarlo a levantarse.

Deslizó la silla con cuidado y se puso en pie, con la mirada ascendiendo un segundo hacia la criatura que parecía observarlo desde lo alto. La silla gimió al raspar el suelo de piedra. Ahora todas las miradas estaban fijas en él.

"Carlos tiene una historia parecida a la de muchos de vosotros. Él también ha sufrido la pérdida de su familia y de aquellos a quienes amaba. Su relato es, además, de privaciones y abandono, de dolor y padecimiento a manos de un mundo adulto y cruel. Como vosotros, ha sido rescatado y traído a este refugio para que, al igual que el resto, pueda vivir libre de angustia y tormento."

Carlos recorrió con rapidez los rostros que le miraban en silencio.

"Os pediría a todos", continuó Padre, "que le brindéis la más amable de las bienvenidas. Mostradle que ya no tiene por qué sentir miedo."

Hubo una larga pausa, y muchos rostros se abrieron en sonrisas cuando él los buscó con la mirada.

"Puedes sentarte", dijo Padre, con la mano extendida de nuevo, atrayendo la atención de Carlos.

Luego se volvió hacia uno de los mayores, sentado en la mesa más cercana. "Braiden, por favor, asígnale la tarea que he preparado y explícale sus obligaciones a primera hora de la mañana. Te lo agradeceré."

El chico asintió con gravedad; después miró a Carlos y le dedicó una sonrisa.

"Y ahora", continuó Padre, dejando que su mirada volviera a pasearse por los presentes, "disfrutemos del honor de compartir otra comida. Demos cuenta de este banquete con la conciencia de que estamos bendecidos por el don de la vida. No olvidemos a quienes no pudieron encontrar el camino hasta aquí, ni a los que se perdieron en la travesía. Seamos agradecidos por esta comida y por esta isla que nos cobija." Hizo una pausa mientras el eco se desvanecía. "Comamos."

De inmediato la sala recobró su murmullo, y Carlos volvió la cabeza hacia Isabella justo cuando ella pinchaba una fina loncha de jamón y la llevaba a su plato. La observó en silencio mientras continuaba con el brócoli al vapor y las batatas.

"¿Vas a quedarte mirando?", dijo ella al cabo de un momento. "¿O vas a servirte?"

"Oh", contestó Carlos, saliendo del trance. "Perdón."

Extendió la mano y fue llenando el plato con calma,

recordando que no tenía por qué tomar más de lo necesario, porque siempre habría más; y que sería mejor guardar ciertas formas delante de su nueva amiga.

"Entonces, ¿cómo era un orfanato?", preguntó Isabella cuando él terminó de servirse jamón, un panecillo y unas porciones de brócoli y zanahorias al vapor. "¿Cuánto tiempo viviste allí?"

Había oído historias de orfanatos, pero nunca había conocido a alguien que hubiese vivido en uno. Esto hacía que el chico nuevo le resultara aún más interesante.

Carlos dejó el plato en la mesa y vaciló, mientras los recuerdos de la Finca Embry le recubrían el estómago con una capa espesa de inquietud. "Me llevaron allí cuando mis padres murieron —hace tres años", dijo, con la voz baja y hueca. "Fue solitario."

Isabella se detuvo y le lanzó una mirada de desconcierto. "Oh", dijo, y la arruga en el ceño de él le despertó un remordimiento inmediato por haber preguntado. "¿Solitario?", continuó, guiándolo lejos de la memoria de sus padres. "¿No tenías amigos?"

"No", respondió Carlos, con la vista fija en el plato. "Éramos muchos. Pero… yo no… Los demás, no."

"Oh. Lo siento."

Carlos guardó silencio mientras pinchaba un florete de brócoli, y le cruzó un fogonazo: la sangre brotando de la frente del chico que se alzaba sobre él. Durante un segundo casi notó de nuevo el frescor de la piedra en la mano. Se le tensaron los hombros. Había intentado hacer amigos, había buscado encajar. Pero aquel momento en clase, empapado en su propia vergüenza, había borrado cualquier posibilidad. Le sorprendía que alguien se le hubiera acercado al llegar al castillo, y más aún la chica que insistía en arrastrarlo a la dificultad de conversar. Seguía costándole. "¿Y tú? ¿Dónde vivías antes?"

Isabella suspiró, el tenedor suspendido en el aire mientras el aroma de su casa regresaba, junto con el rumor de la calle bulliciosa ante su puerta.

"Vivía con mis padres", respondió, su tono alegre disipándose. "Somos... soy de Madrid." Hizo una pausa, el ceño fruncido apenas. "Allí sí tenía muchos amigos."

"¿España?"

"Sí."

"Oh. Hablas muy bien inglés para ser de España."

Isabella ladeó la cabeza y entornó los ojos. "¿Has conocido a alguien de España aparte de mí?"

Carlos meditó la pregunta un momento, y negó en silencio.

"Entonces es bastante ignorante por tu parte decir eso."

"Lo siento", murmuró, con un pinchazo de vergüenza. "No me di cuenta."

Ella inspiró hondo y soltó el aire con un chasquido leve de lengua, perdonándolo en silencio. "Fue mi padre quien insistió en que estudiara inglés. Decía una y otra vez que tal vez llegaría un día en que tendríamos que huir a América. Era muy insistente. Así que ahora hablo inglés casi tan bien como español."

"¡Pilla!", gritó uno de los niños al otro lado del comedor, y una palmada desvió las miradas cuando salió corriendo de la sala, seguido de otro que se levantó frotándose la nuca para perseguirlo.

Carlos los siguió con la vista y luego volvió a su amiga.

"Mi padre era de México. Conoció a mi madre en Texas cuando llegó a Estados Unidos. Se mudaron a Boston después de que una tormenta destrozara la ciudad donde vivían. Él construía barcos. El puerto en el que trabajaba quedó arrasado. Le ofrecieron un empleo en Boston y se trasladaron. Unos años después nací yo. Me enseñó español e inglés. Siempre decía que vivíamos en América y allí se hablaba inglés, así que eso era lo que debía hablar. Solo le oía hablar español cuando venían mis abuelos a quedarse con nosotros. Ellos no sabían inglés. Por eso supuse..."

"Espera", interrumpió Isabella, dejando el tenedor. "Si tenías abuelos vivos, ¿por qué te mandaron a un orfanato y no con ellos? ¿No os envían con los parientes más cercanos cuando mueren los padres?"

Carlos se encogió de hombros. "No lo sé. Se lo pregunté a la directora una vez. Me dijo que no podían localizar a personas en otros países."

"Eso no suena bien…"

"Da igual. Ya no estoy allí, y no sé dónde viven mis abuelos en México, así que no podría encontrarlos aunque quisiera."

Otro grupo de niños se levantó y salió. Uno de ellos se detuvo junto a la mesa. "Carlos, ¿verdad?"

Carlos asintió, echando una mirada a Isabella.

"John Michael", dijo el chico con una sonrisa. "Bienvenido."

"Gracias", respondió Carlos en voz baja, viendo cómo el muchacho hacía una pequeña reverencia a Isabella y se marchaba.

"Sí", dijo ella cuando desapareció por el pasillo. "No he llegado a conocer bien a muchos aquí. Ya tenían sus amigos y, la verdad, no me apetece esforzarme por encajar."

Carlos la miró con una sonrisa ladeada. "¿Qué tengo yo de especial…?"

"No lo sé. Supongo que eres diferente."

"¿Tanto se me nota?", bromeó él.

"Oh, sí…", respondió, alzando las cejas con una sonrisa amplia.

Ambos soltaron una risita y volvieron a terminar su desayuno. Poco después, Padre dejó la servilleta sobre la mesa y se levantó; sin decir palabra, se volvió y cruzó la puerta por la que había entrado, con la pequeña criatura alada flotando detrás.

Durante unos minutos más, la pareja conversó en voz baja mientras apuraban la comida.

"¿Qué hacemos con los platos?", preguntó Carlos, buscando con la mirada algún carrito o la entrada de la cocina conforme la conversación se apagaba. "La última vez los dejé en un carro, pero no lo veo."

"Oh", respondió Isabella. "Déjalos aquí. Es el trabajo de alguien recogerlos."

"¿Seguro?"

"Claro", sonrió. "Todos tenemos un trabajo. Alguien lava, alguien cocina, alguien pone las mesas y saca la comida."

Carlos la observó un instante, la curiosidad recorriéndolo. "¿Y cuál es tu trabajo?"

Isabella sonrió. "¿Quieres verlo?"

Carlos asintió con rapidez. "Sí."

Isabella sonrió aún más y le dio un golpecito en la mano al ponerse en pie. "Ven, te lo enseño."

LA CALMA

La pareja entró en el pasillo. Isabella iba delante y Carlos avanzaba a pasos rápidos tras ella. Al tomar el corredor que conducía al ala derecha del castillo, tuvieron que apartarse con rapidez cuando tres niños más pequeños pasaron corriendo entre risas.

"Está por aquí", dijo Isabella, con una capa de entusiasmo en la voz mientras el orgullo comenzaba a aflorar en ella.

Avanzaron por el pasillo, dejando atrás casi una docena de puertas hasta llegar al fondo. Entonces Isabella se detuvo, se volvió con una sonrisa y añadió: "Bienvenido a mi auténtico dormitorio." Abrió la puerta y entró. Cuando la hoja giró hacia dentro, el olor a tomos antiguos y páginas desvaídas llenó las fosas nasales de Carlos. Entró despacio.

Dos plantas de altura, con escalerillas que corrían por sus bordes: era la biblioteca más grande que Carlos había visto jamás. Había libros desde el suelo de la primera planta hasta la segunda, y de ahí hasta la base del gran techo abovedado. En el centro de la sala se alzaba una estantería enorme en forma de cruz, con lomo tras lomo alineado en sus viejas baldas de madera. Junto a la entrada había una gran mesa común, cubierta de pilas de libros, y a ambos lados del mueble central encajaban dos mesas largas y estrechas. Dejó que la mirada se deslizara por la estancia, viendo la escalera ornamentada que conducía al piso superior; la barandilla de hierro colado se enroscaba hacia arriba como una serpiente guardando el borde. Podía oler las páginas húmedas por el tiempo y su mente voló a la diminuta biblioteca de Embry y a las horas que pasaba allí, con la nariz hundida en los libros para escapar de las crueldades del patio. Sintió cómo el consuelo lo iba inundando. "Es increíble", susurró, mientras el asombro lo envolvía en cuanto quedó sumergido en los miles de historias que lo rodeaban.

Isabella sonrió. Aquella biblioteca era su segundo hogar, y las palabras de él la llenaron de júbilo. Al pasar, él le había dicho que le gustaba leer, y ella sabía que la biblioteca del castillo no se parecía a nada que hubiera visto. Tampoco se había parecido a nada para ella cuando llegó. La alegría que sentía al cruzar el umbral era algo que había querido compartir con los demás niños, pero desde que se encargaba de organizar y limpiar, solo uno había entrado lo suficiente como para esbozar una sonrisa y volver corriendo a los juegos del exterior. Algo se agitó en su interior al escuchar la emoción en la voz de Carlos. "Mi trabajo es mantener la biblioteca en orden", dijo en la sala sin eco. "Vengo cada día, quito el polvo de las estanterías, limpio las mesas, clasifico y ordeno. No puedo explicarte cuánto me gusta. Es perfecta."

El calor le llenó el pecho a Carlos al pensar en las

incontables aventuras que le aguardaban. Le encantaban las historias de tierras lejanas, con bestias míticas y héroes invencibles. Nunca había visto tantos libros y supo al instante que vería a Isabella mucho más a menudo.

Ella se acercó a la gran mesa con montones de libros encima. "Mira. Estoy reorganizando toda la biblioteca por categorías." Sonrió, el rostro encendido de orgullo y alegría.

Carlos avanzó un poco más, dejando que el aroma familiar le llenara los sentidos mientras apreciaba la magnitud de la sala. Nunca en su vida había visto tantos volúmenes.

"La sección central son los clásicos: 'Los viajes de Gulliver', 'Robinson Crusoe', 'El monje', 'Una modesta proposición'." Señaló con la mano hacia la planta superior. "El segundo piso está dedicado a ciencias, medicina y libros que sirven para la escuela y el conocimiento."

"Es alucinante", dijo Carlos, internándose lentamente en la estancia.

"Dijiste que te gustaba leer", apuntó ella con una sonrisa ilusionada.

"Sí", respondió Carlos en voz queda, aún mareado por la enormidad del lugar. "Leía todo el tiempo en el orfanato." Se detuvo, las palabras desvaneciéndose mientras se acercaba al mueble central. "Pero allí no había ni de lejos tantos libros. Podría quedarme aquí el resto de mi vida…"

Apartó la vista de los lomos infinitos y le sonrió.

"Si el orfanato hubiera tenido esto, jamás habría salido de mi habitación."

Ella soltó una risita.

"Esto es… guau…"

Isabella sonrió. Le hacía feliz ver a alguien apreciar la biblioteca tanto como ella. La mayoría de los niños preferían jugar en el jardín o tumbarse en la sala común jugando al ajedrez o al faro. Era la primera vez, desde su llegada, que alguien correspondía a su amor por aquel salón enorme y casi siempre vacío. Sabía que iban a llevarse de maravilla. "Puedes quedarte si te apetece. Curiosea cuanto quieras. Tengo que ir a mi habitación un momento, pero vuelvo enseguida."

"Vale", respondió Carlos, con la mirada regresando a los libros mientras su mano se alargaba hacia un lomo con letras doradas en pan de oro.

"Ok", dijo ella con una pequeña mueca divertida, dándose la vuelta para salir. "¡Chao!"

Carlos asintió en silencio mientras abría la cubierta del viejo volumen. Los bordes de las páginas estaban deshilachados, y veía fibras sueltas asomando. Se acercó a la mesa y se sentó, colocó el libro delante y pasó a las primeras páginas. "Sueño en el pabellón rojo".

Se quedó en silencio, leyendo a la luz de las vidrieras

que coronaban las paredes sobre la segunda hilera de estanterías. No supo cuánto tiempo llevaba allí, pero cuando volvió en sí tenía las manos sobre la página sesenta y la sala se había oscurecido.

Cerró el libro con cuidado y regresó por el pasillo a su cuarto. Cerró la puerta y se desvistió, acercándose a la ventana para mirar afuera. La luz de la luna bañaba los terrenos con un manto de plata. Los árboles se mecían, perezosos, en una brisa muda. Contempló el cuadro unos segundos más y luego se volvió hacia la blandura de su cama. Se preguntó cuánto tiempo habría dormido y si Isabella había regresado, mientras se deslizaba bajo las mantas gruesas. Apenas lo arropó su peso cuando ya dormía profundamente.

EL PASADO REVISTADO

A la mañana siguiente, Carlos deambulaba por los terrenos del castillo, con el estómago lleno tras un desayuno tardío y ligero. Se había entretenido bordeando la línea de los árboles, perdido en una neblina de ensoñaciones adolescentes, y ya había recorrido casi tres cuartas partes del perímetro —dos horas a través de un bosque de césped bien cuidado— cuando al alzar la vista algo lo arrancó de golpe de la fantasía que jugaba en su cabeza. A su derecha, a unos tres metros dentro del arbolado, apareció lo que parecía una puerta antigua. Apartó con cuidado la maleza que la ocultaba y dio un paso al interior. Al dejar que las ramas bajas volvieran a cerrarse, echó una rápida mirada por encima del hombro. La sensación de ser observado le rozó la piel y se desvaneció tan rápido como había llegado. Volvió la vista a la verja y avanzó unos pasos más.

Ante él, antigua y pesada, se alzaba la herrumbrosa reja de lo que en otro tiempo debió de ser una entrada grandiosa y ornamentada a los terrenos del castillo. Agujas de hierro se entrelazaban en un tapiz rígido de rizos y puntas. Ahora, sin embargo, la edad las había doblado y retorcido; se inclinaban hacia los lados y una capa profunda de óxido lo teñía todo. Permaneció en silencio, recorriendo maravillado el pasaje olvidado por el tiempo. Miró al suelo, donde en su día hubo un gran camino: solo quedaba el leve abombamiento del terreno, cubierto por el crecimiento de incontables estaciones.

Se acercó despacio, y los sonidos del bosque al otro lado fueron borrando los vapores de risas infantiles que quedaban a su espalda. Se detuvo, mirando a través de los barrotes retorcidos, y alargó lentamente la mano, estremecido por la visión fugaz de ojos incandescentes y dientes en la sombra cambiante.

"¡Carlos!"

Se volvió de golpe cuando su nombre quebró el aire: un relámpago en el silencio que lo hizo tambalearse. Giró la cara y vio a su nueva amiga sofocando una risa por su momentánea pérdida de compostura.

"Vaya", se rió Isabella mientras Carlos se rehacía poco a poco. "Te he asustado bien."

Carlos se llevó la mano a la nuca y se pasó los dedos por el pelo. "No te vi venir", respondió, con un leve rubor trepándole por las mejillas.

"Lo sé", sonrió ella, con un destello de picardía en la voz.

Carlos negó con la cabeza y soltó el aire ruidosamente.

"Ya veo que has encontrado la vieja entrada", dijo Isabella, adelantándose para admirar el portón oxidado.

"Parece haber sido el acceso principal al castillo", respondió él, girándose mientras ella pasaba junto a él para inspeccionarlo de cerca.

Isabella se acercó a la verja y pasó la mano con suavidad por el metal desconchado. Estaba frío al tacto, y al retirarla se le quedó una película anaranjada en la piel: óxido desmigajado tras años a la intemperie. Tenía algo de mágico, pero también un hilo de tristeza.

Carlos se quedó detrás, observando cómo ella miraba al bosque. La imagen de la criatura, negra contra las sombras, relampagueó en su memoria. "Creo que deberíamos irnos", dijo, con el brillo esmeralda aún ardiéndole en la mente.

Isabella miró entre las agujas de hierro hacia el bosque denso y el sendero que se desvanecía a poca distancia. "Me pregunto adónde lleva", musitó, sacudiendo el polvillo anaranjado en el bajo de su vestido azul oscuro.

Sobre ellos piaban los pájaros, ocultos en la copa que filtraba todos salvo unos cuantos rayos de luz.

"La única vez que se abre esta verja es cuando alguien decide que ha llegado su momento de marcharse, y Padre lo guía por el bosque hasta las barcas. Fuera de eso..." Se detuvo y miró a su amigo, que ahora llevaba una máscara de inquietud.

"Vamos", dijo Carlos, con urgencia y temor apuntalando las palabras. "Vámonos de aquí."

Isabella sonrió. "Te asustas con facilidad, ¿eh?"

Dos destellos verdes en la oscuridad.

"No", replicó él enseguida. "Es solo que… Padre dijo que no debíamos entrar en el bosque. No quiero que nos metamos en líos."

Isabella ladeó la boca y dejó que la mueca se volviera una sonrisa mínima. "Vale… miedica."

"¿Qué es eso?", preguntó Carlos mientras apartaba otra rama.

"Nada", respondió ella con una sonrisa, echándose a andar.

Carlos la siguió y el umbral quedó atrás cuando pisaron de nuevo el prado. Ella ya iba unos pasos por delante y él la alcanzó mientras regresaban hacia el castillo.

"Y entonces me desperté aquí", concluyó Carlos, terminando su relato mientras ambos se sentaban en los escalones de la entrada, el sol templando el cielo de la tarde. "¿Y tú? ¿Cómo era tu vida antes de esto?"

Isabella guardó silencio; en su mente se arremolinaron grises, azules y negros, y el rostro de su madre apareció apenas lo suficiente para hundirle el corazón.

"Está bien si no quieres hablar", dijo Carlos, notando la tristeza que emanaba de su amiga.

"Papá estaba en el ejército", empezó ella tras armarse de valor para pronunciar palabras que nunca había dicho. "Mamá era quien me criaba. Solo lo veía cuando volvía de permiso. Podía pasar meses esperando eso." Hizo una pausa; una brisa le movió el pelo al pasar. "Era amable." El recuerdo de la sonrisa de su padre le llenó la vista y notó un peso creciendo en el pecho. "Fue hace casi seis meses. Mamá me despertó muy tarde. Estaba asustada. Oí a papá gritar abajo. Supe que algo iba mal. Él nunca gritaba, por enfadado que estuviera." Volvió a detenerse. "Entró en mi cuarto y me dijo que metiera en una maleta todo lo importante. Rápido. Entonces dijo que nos íbamos."

Carlos la escuchaba, viendo cómo sus manos se enroscaban en el regazo. La mirada se le había quedado fija en el mármol blanco de los escalones, y su brillo habitual se había apagado.

"Aquel noche metimos todo lo que pudimos cargar." Otra pausa. "Dejamos casi todo atrás. Fotos, libros, muñecas que papá me había regalado por mis cumpleaños... todo." Tomó aire, y la voz le tembló. "Papá dijo que por fin había estallado la guerra civil. Que el grupo con el que luchaba había decidido levantarse contra la república, pero el gobierno consiguió una lista con los cabecillas." Alzó los ojos hacia Carlos. "El nombre de papá estaba en ese papel." La mirada volvió a caer a su regazo. "Dijo que vendrían a por ellos, a por nosotros, y que teníamos que irnos o nos matarían. Esa misma noche estábamos en un barco rumbo a América." El ceño se le frunció, un rictus endureciendo sus facciones. "Tres días después llegó la tormenta."

Carlos guardó silencio, viendo cómo la presa que contenía el torrente de emociones de Isabella empezaba a agrietarse.

"Recuerdo despertarme con los gritos de papá, ver todo en la cabina volcado de lado. Oía los alaridos de mamá, pero el cuarto giró y todo se estampó contra la pared. No entendía nada. Lo siguiente fue un crujido enorme y el agua entrando. Helada." Una lágrima emprendió el descenso por su mejilla. "Hacía tanto frío… y estaba tan oscuro. Intenté buscar a mis padres, pero todo, todo pasó muy deprisa. La gente gritaba, el barco ardía… pero no oía a mamá ni a papá. Estaba sola."

La brisa se coló entre ambos, enfriando las estelas saladas en el rostro de Isabella mientras otra lágrima seguía su camino. Su cuerpo se estremeció al forcejear con el recuerdo.

"No sé cuánto tiempo estuve allí." Se limpió despacio. "Cuando llegué aquí, me quedé dos días en la playa antes de atravesar el bosque. Y entonces encontré el castillo." Se quedó pensativa un instante. "Ahora vivo aquí."

Carlos no supo qué decir. Él también había perdido a sus padres, pero era demasiado pequeño para comprender de verdad lo ocurrido. Lo suyo no era como lo de ella. No estuvo presente cuando murieron. No podía imaginar el dolor que habría sentido, ni el miedo a la deriva, sola, agarrada a un tablón en mitad del océano. No encontró palabras para consolarla.

"Supongo que tuve suerte", retomó ella, rompiendo el silencio espeso. "Podría haberme ahogado, o morir cuando se hundió el barco."

Carlos dejó caer la mirada a los escalones.

"Ya veo que habéis conocido a nuestra joven ratona de biblioteca."

Carlos alzó la vista, e Isabella se sobresaltó antes de volverse.

En lo alto de la escalinata, con pantalones negros como la noche y mangas blancas impecables bajo un chaleco azabache, estaba Padre. "¿Y qué tal te está sentando tu nuevo hogar?"

"Mucho, señor", respondió Carlos, atrapado por los destellos de luz en los hilos plateados que surcaban el cabello negro y ondulado de Padre, a la altura de los hombros. "Gracias."

"Bien", dijo, paseando la mirada hasta Isabella. "Y ya veo que has estado ocupada también en la biblioteca."

Isabella asintió. "He empezado a reorganizar los libros por categorías, colocando cada uno en su sección."

Padre observó cómo ella intentaba apartar la tristeza de su rostro juvenil.

La niña bajó la vista al lazo carmesí, fruncido y profundo, que ceñía los dos picos del cuello bajo la barbilla de él. "Es un lugar tranquilo. Me gusta."

Padre asintió, alternando la mirada entre los dos

antes de dejarla derivar hacia los árboles a lo lejos. Una calma contenida pasó sobre él. Tomó aire y volvió a los niños. "Bien", dijo, dejando escapar una sonrisa fina. "A mi edad, el sol me sienta regular, así que os dejo continuar. Nos vemos en la cena."

"Sí, señor", respondió Carlos; Isabella asintió a su lado.

Padre lanzó una última ojeada a los árboles, hacia la oscuridad oculta más allá, que le devolvía la mirada. La sonrisa se borró de su rostro.

Cuando desapareció por la puerta, Carlos miró a Isabella. La desazón que ambos compartían les selló las palabras en la garganta.

"Hay algo que no puedo quitarme de la cabeza", dijo al fin, oteando las puertas principales para asegurarse de que Padre realmente se había ido. "Si hay un monstruo que caza en el bosque, ¿por qué no ataca a Padre cuando guía a los niños hasta las barcas para marcharse?"

Isabella miró un momento hacia la verja en la distancia. "Hay muchas cosas en esta isla que no tienen sentido, Carlos. Si es que de verdad es una isla."

Un chispazo de inquietud crepitó entre ambos.

"¿Viste cómo miró hacia el bosque?", preguntó Carlos, llenándose los pulmones del aire tibio de primavera mientras volvía a posar los ojos en la verja retorcida.

"Voy a prepararme para la cena", dijo Isabella tras una breve pausa, poniéndose en pie y eludiendo la pregunta: no era una conversación para ese lugar ni para ese momento. Lo que acababa de contar ya le había dejado una piedra en el estómago. Necesitaba recomponerse. Sentía que la marea amenazaba con desbordarse, y si algo la enorgullecía era su capacidad para contenerla. "Tengo que lavarme."

"Vale", dijo Carlos, con el peso aún en el pecho. "¿Nos vemos en la cena?"

Isabella asintió y se obligó a sonreír antes de entrar en el castillo.

Carlos se quedó en los escalones un momento más, volviendo la mirada hacia los árboles. Escaneó a los gigantes y, por fin, se levantó para entrar. Tenía demasiadas preguntas sin respuesta, y presentía que Padre no sería rápido en ofrecérselas. Aquel lugar era extraño: místico y maravilloso, sí, pero no podía quitarse de encima la sensación de que no todo era bueno, de que había algo oscuro, algo siniestro agazapado más allá de las sombras. Había una razón por la que la bestia no se acercaba al castillo y, por un instante, recordando cómo Padre había mirado al bosque, Carlos se preguntó si era el miedo mutuo lo que la mantenía a raya.

LA HABITACIÓN

Las semanas siguientes se deslizaron sin ruido, el tiempo pasando inadvertido en la estación inmutable de la isla. Carlos fue asentándose en una rutina: tomar el sol en los jardines durante el día y fregar los suelos del castillo cuando el sol se perdía tras el horizonte y los pasillos quedaban en silencio. Le gustaba trabajar de noche, cuando todos habían vuelto a sus cuartos. Se recreaba en la soledad y en la serenidad que le brindaban aquellos corredores inmensos. Admiraba la belleza del castillo y, en cada paseo, se sorprendía a sí mismo viajando a mundos que solo había conocido en sus libros. En el orfanato, a veces se escabullía de noche, con los pies descalzos resbalando sobre las baldosas frías, imaginando que Embry era su fortaleza privada. Hasta que lo descubrió el jardinero. Aquel castigo puso fin a sus andanzas. Aquí, en cambio, todo era distinto: descomunal y desplegado. El encierro que lo rodeaba en el orfanato había sido sustituido por la línea de árboles del exterior. Había una libertad inquieta suspendida a su alrededor. Aquí caminaba sin agazaparse de esquina en esquina, sin aguardar el chasquido de los tacones de la cuidadora o del jardinero, sino deambulando, deteniéndose a examinar las pinceladas de los cuadros colgados o las casi invisibles marcas de cincel en la talla de las barandillas y los marcos. Encontraba consuelo en sus paseos nocturnos y se deleitaba con la paz que le daban. Aquella noche no era diferente.

Esperó a que los últimos niños entrasen en sus habitaciones y fue a la cocina a preparar el cubo y la fregona. Puso agua caliente y añadió un pequeño puñado de virutas de sosa. Mientras removía la mezcla jabonosa, dejó vagar la mirada por el espacio inmenso. Imaginó a los jóvenes cocineros yendo de un lado a otro entre las dos grandes islas de trabajo: alimentos extendidos sobre el granito pálido. Veía las ollas de cobre llenas de verduras picadas, guisos y sopas hirviendo a fuego lento. Su imaginación se arremolinó con los festines que inventaba a partir de los aromas aún flotando en el aire. Un perfume sensual colgaba en la estancia, provocándole el paladar mientras el agua llenaba el cubo bajo sus manos. Un fogonazo de gachas y pan rancio cruzó la mente cuando el recuerdo de Embry emergió desde sus recodos, quebrando el ensueño y devolviéndolo al cubo a sus pies.

Dejó de remover y avanzó lentamente por la cocina, admirando aquel vasto silencio. Pasó la mano por la superficie del fogón de hierro frío, aspiró el olor a ceniza y carbón y hojeó los dos grandes recetarios que descansaban sobre una mesa junto al horno negro de hierro. Nunca había cocinado y sintió un alivio fugaz al darse la vuelta hacia el armario de la limpieza. Estaba contento con el trabajo que le habían asignado. Era como si Padre hubiese recorrido su mente y escogido la tarea perfecta.

Tres horas después, caminaba por un pasillo de la tercera planta. El castillo era enorme, así que decidió establecer un turno rotativo para los corredores: primero la entrada, luego los pasillos de los dormitorios y después el de la biblioteca. La segunda planta quedaría para la semana siguiente y la tercera para la posterior. Acababa de terminar los corredores principales de la tercera planta —dejando los rincones menores para el día siguiente— y se dirigía a la escalerilla estrecha que subía a la cuarta. La curiosidad tiraba de él, susurrándole la excusa de que necesitaba calcular cuánto espacio había por si alguna vez Padre le pedía encargarse también de allí. Padre le había dicho expresamente que nunca pasara de la tercera planta, pero, como tantas veces en su vida, las normas tendían a desvanecerse ante su naturaleza inquisitiva. Había oído susurros sobre lo que había arriba y temía que lo descubrieran. Aún no sabía qué castigos se imponían en la isla, pero era tarde y todos dormían.

Una única escalera conducía hacia arriba, y la luz de su vela se perdía en la negrura a mitad de tramo. Se templó por dentro, reuniendo el valor con una larga inspiración, y alzó el candelero hacia el hueco. La luz proyectó sombras en lo alto: un resplandor mínimo encajonado en la escalera más estrecha que había visto en el edificio. Todo allí era grandioso en comparación con aquel cubil ascendente. Sintió que las paredes se cerraban, apretándolo, aplastándolo, mientras subía peldaño a peldaño. Notó cómo una inquietud le recorría el cuerpo y cómo la oscuridad parecía empujar de vuelta contra la vela. Se le erizó el vello de los brazos y notó la boca secarse.

Cuando alcanzó el último escalón, el corazón le latía desbocado. Permaneció allí, forzando la vista por el pasillo negro, luchando por racionalizar ese miedo que le lamía las costillas. Bajó la mirada a la alfombra carmesí que corría por el suelo —el color de una sangre derramada hace mucho—. Grandes columnas sobresalían de los muros, curvándose por el techo en un entramado cruzado que las unía, y bajo ellas se abrían pequeños huecos: retratos antiguos colgados en la penumbra, con una fina pátina de polvo sobre el borde, como si aguardasen vigilantes a quien osara pasar.

Mientras avanzaba despacio, notó un frío creciente en el aire. Se dijo que era su imaginación, trucos de la mente en la oscuridad; pero, a medida que la piel se le tensaba sobre los huesos, supo que había algo más. Pasó la tercera columna cuando oyó un aleteo leve sobre su cabeza que se detuvo justo detrás. El corazón seguía golpeando tras las costillas.

Se volvió con cautela, alzando la vela en la mano temblorosa para iluminar las sombras. Cuando el borde de luz trepó por la pared, oyó otro susurro, un roce pequeño fuera de plano, y vio hilos de polvo descender en chorros traslúcidos a través del resplandor. Cuando la luz alcanzó el remate del pilar, distinguió, posada en el saliente, a la pequeña criatura a la que él e Isabella ya llamaban la mascota de Padre. Exhaló bruscamente: no había advertido hasta entonces que contenía el aliento tras el grito silencioso de salir huyendo. "Eres tú, ¿verdad?", dijo al diminuto ser escamoso que lo miraba desde la sombra. "Estabas en Embry."

La criatura vibró las alas y, por un instante fugaz, Carlos juraría que sus ojillos se entrecerraron. Lo observaba con fijeza, anticipando cada movimiento. Él no debía estar allí, y el muchacho percibía que la criatura lo sabía.

"¿Me trajiste aquí? ¿A mí y a los demás?", siguió, con un desasosiego creciente mientras el silencio le respondía desde arriba.

La criatura lo sostuvo con la mirada un par de latidos, las alas erizadas en la espalda, y desvió los ojos hacia la tiniebla del pasillo, en la dirección que Carlos llevaba. Volvió a mirarlo y, de pronto, se alzó, aleteó un segundo y salió volando veloz hacia la tercera planta.

Carlos la siguió con la vista, invadido por una extraña fascinación. Se preguntó cuál era el significado del ser, y reanudó la marcha. Algo en la manera en que lo había mirado mientras él hablaba se le quedó clavado: era comprensión; la misma mirada desafiante de un niño pillado en una travesura. Notaba que entendía lo que decía.

Cien pies más adelante vio un destello en la oscuridad: un reflejo de la vela que le devolvía el brillo desde el velo negro por el que avanzaba. Se detuvo y elevó el brazo para abrir el círculo de luz. Al final del tramo, había una puerta solitaria. El marco era una escultura ornamentada de dos lobos erguidos sobre las patas traseras, con las cabezas alzadas en un aullido eterno. Sobre ellos, la talla más hermosa que Carlos había visto jamás: un corazón con hoja de oro, anatómico en todos sus detalles, envuelto en un ceñidor de zarzas con espinas.

Carlos contempló asombrado, paseando la llama por las formas del portal minucioso; la luz titilaba sobre el dorado de la talla y sobre el pomo labrado a la altura de sus ojos. El corazón volvió a desbocársele, y la curiosidad le empujó la mano hacia el bronce grabado. Sentía la sangre palpitándole en las sienes cuando, con la mano aún en el aire, notó una presencia plantada en la oscuridad detrás de él.

"¡NUNCA vas a entrar en esa habitación!"

Carlos giró en redondo, casi dejando caer su única guía de vuelta a la salida.

A dos pasos de él, con el rostro torcido por la furia, estaba Padre.

Carlos balbuceó, mientras los ojos del hombre se le

clavaban como los de un depredador. Padre no parpadeó; permaneció inmóvil, y el único sonido en el pasillo eran las respiraciones pesadas de ambos. "No volverás a venir a esta planta", dijo, avanzando y colocándose entre la llama alzada y la puerta. "No lo repetiré. ¿Entendido?"

Carlos asintió mientras la mano de Padre se extendía para acariciar el relieve del marco. Sus dedos recorrieron despacio las zarzas y cruzaron el corazón mientras el muchacho guardaba silencio. La mano se acercó al pomo... y se retiró de golpe, como si temiera una quemadura o una descarga.

"Vete. Ahora...", gruñó, y el temblor de su voz dejó escarcha sobre la piel de Carlos.

El chico retrocedió por el pasillo mientras la figura encorvada de Padre se desdibujaba en la negrura. Luego se volvió y echó a andar tan deprisa como pudo sin apagar la vela con la corriente, hasta la tercera planta y el cubo que lo aguardaba. Sopló la llama, dejó el candelero sobre la repisa junto a la escalera y se apresuró hacia el cubo, lo cogió por el asa y recorrió el pasillo.

Poco después volcaba el agua sucia en el desagüe del cuarto de limpieza. Aún tenía el pulso acelerado y notaba una gota de sudor pegada en la espalda bajo la camisa. Regresó cuanto antes a la seguridad de su cuarto. Mientras se desnudaba y se preparaba para dormir, la expresión de Padre se le repetía una y otra vez, cada vez más siniestra. Había en su rostro una ira como jamás había imaginado, una furia que le sembró el miedo muy hondo. Sintió malicia y violencia en aquella mirada acerada, y se preguntó qué habría cruzado por la mente de Padre cuando estuvo a punto de tocar el picaporte. Supo que pasaría mucho tiempo antes de sentirse cómodo deambulando solo por los pasillos y que jamás volvería a la cuarta planta. Jamás.

Arriba, Padre se quedó frente a la puerta. Siguió las líneas grabadas con la yema de los dedos, que le temblaban mientras la madera fría le enfriaba las puntas. Incluso en la oscuridad veía nítida la imagen: dos bestias alzándose para proteger el emblema de la vida, un emblema atado y contenido. Respiraba con pesadez y permaneció mucho rato en silencio, con la mano apoyada en el corazón anatómico. Entonces, un destello en el pasillo le distrajo; dio un paso atrás, se volvió y emprendió el regreso por el corredor hacia la tercera planta. "Sí", susurró a la silueta invisible que flotaba tras él. "A ese hay que vigilarlo."

LA LECCIÓN

A la mañana siguiente, Carlos se despertó con unos golpecitos suaves. Se frotó el sueño de los ojos, se puso despacio el pantalón del pijama y se acercó a la puerta. "Padre quiere hablar contigo."

Carlos seguía aturdido por el despertar y, antes de poder preguntar al muchacho —un poco mayor que él— de qué se trataba, este ya había dado media vuelta y bajaba por el pasillo para unirse al grupo que se dirigía al comedor.

El olor a pan recién horneado y a tocino dorándose le pasó por la nariz cuando volvió a entrar despacio en la habitación, cerrando la puerta tras de sí. El rostro de Padre a la luz de la vela destelló en su memoria y, por un instante, sintió el impulso de meterse de nuevo en la cama y fingir que nadie había traído mensaje alguno. De algún modo presentía que Padre lo sabría, así que se vistió lentamente y echó a andar por el pasillo. Al pasar frente al comedor, vio a los demás niños sentados en sus mesas, riendo y comiendo, mientras la niebla de la mañana se disipaba con rapidez y el murmullo crecía a medida que los estómagos se llenaban. No vio a Isabella: o se había saltado el desayuno para ir directa a la biblioteca, o ya había comido y estaba en el jardín leyendo. Siempre era de las primeras en levantarse. Él solía bromear con que debería haber sido una de las panaderas. "Quemo las tostadas", respondía riendo. "No creo que a los demás les hiciera gracia despertarse con bollos chamuscados cada mañana."

Las imágenes amables se desvanecieron en cuanto atravesó el vestíbulo y tomó el corredor que conducía a las estancias de Padre. Al aproximarse, sus pasos se hicieron más lentos y notó el nudo volver a formarse en el estómago. Isabella y los aromas del desayuno se borraron de golpe de sus pensamientos.

Se detuvo ante la puerta y llamó suavemente. "Por favor", oyó la voz de Padre, filtrándose a través de la madera con un tono calmo. "Entra." Carlos giró el pomo y empujó la puerta, avanzando despacio; el nudo se apretó cuando puso el pie en la sala.

Al cerrar tras de sí, Padre estaba sentado en su silla del fondo. El rostro crispado por la furia había desaparecido; en su lugar, la mirada afable que Carlos había conocido semanas antes. "Por favor", dijo Padre, extendiendo la mano. "Acércate."

Carlos avanzó con cautela, luchando contra el impulso de darse la vuelta y correr hacia la salida.

"Permíteme empezar pidiéndote disculpas", dijo Padre cuando el muchacho se aproximó. "No era mi intención asustarte anoche."

Carlos guardó silencio; sus ojos recorrieron el chaleco negro y los volantes blancos, evitando cruzarse con la mirada del hombre todo lo posible.

"Solo necesito que entiendas", prosiguió, "que en mi casa hay una única habitación que considero sagrada; un lugar donde nadie puede entrar. En cualquier otro rincón de este castillo, las puertas están abiertas: para compartirlo y disfrutarlo todos los que formáis esta familia." Hizo una pausa, y la seriedad asomó a sus facciones. "Pero del mismo modo que aquí se respeta la inviolabilidad de tu propio espacio, esa habitación es, para mí, lo que tu cuarto es para ti. Confiarás en que, si encuentro a alguien intentando entrar en el único lugar que me es querido, me sienta, como estoy seguro te sentirías tú, con mi hospitalidad... puesta a prueba."

Carlos mantuvo la vista en el suelo bajo la silla.

Padre lo estudió. Veía que le tenía miedo: miedo a ser castigado. Era una expresión a la que hacía años se había acostumbrado. "No pretendo hacer daño ni infundir temor", continuó, y la calma de su voz comenzó por fin a resquebrajar el muro que Carlos había levantado al venir. "Pero sin reglas no hay orden, y la falta de orden engendra caos. El caos es lo que os ha traído a esta isla, lo que os ha conducido a mí. Es el caos el que destruyó vuestras vidas, mató a quienes amasteis y dio a otros la capacidad de odiaros y causaros daño."

Un leve ceño tiró de los ojos de Carlos. Él no le había contado a Padre la muerte de sus padres, ni su trato en el orfanato. Un frío invisible atravesó la sala.

Padre siguió observándolo, deteniéndose en cada línea de su rostro. "Aquí hay muy pocas reglas", prosiguió, con un filo de severidad entrando en sus palabras. "No dañes a tu familia, no entres en el bosque más allá de los terrenos, cumple las tareas que nos permiten vivir en una casa funcional y nunca, jamás, intentes entrar en esa habitación." Se detuvo, fijándolo con la mirada. "¿Comprendes estas reglas, hijo mío?"

Carlos asintió, bajando la vista un instante.

"Este es un lugar de refugio para los como tú; un sitio al que los sin techo puedan llamar hogar y donde quienes no tienen familia, la encuentren y pasen a ser parte de ella. Estos muros acogen a quienes han sido arrojados fuera, a quienes el mundo exterior, la humanidad, ya no quiere."

"¿Por qué aquí solo hay niños?", soltó Carlos, dando voz al interrogante que lo rondaba desde su llegada. "¿Dónde están los mayores?" Alzó la vista para encontrarse con la de Padre. "¿Por qué no hay más adultos?"

Padre guardó silencio unos segundos, estudiando al chico, que entrelazaba nervioso las manos. Había oído esa pregunta antes. "¿Acaso yo no soy un adulto?", replicó con una media sonrisa.

"Sí", balbuceó Carlos. "Pero me refiero a otros."

Padre tomó aire, lo soltó despacio y respondió: "Los que ya han crecido no pueden salvarse", dijo con suavidad. "Han quedado fijados en sus maneras, deformados por una sociedad incivilizada. Verás, la humanidad, por naturaleza, está diseñada para destruirse. Es inherente a cada uno de... nosotros vivir en la codicia y el abandono egoísta. Para los que se hacen mayores, la magia de este lugar se pierde, y siempre buscan explorar más allá. Simplemente no es seguro. Yo permanezco, y solo yo, por deber y por encargo: velar por esta isla y por quienes son traídos aquí."

Nos trajeron aquí..., pensó Carlos, mientras veía un leve tirón en los labios de Padre, apenas un chispazo.

Padre lo sostuvo con la mirada un instante más; respiró hondo y exhaló con fuerza. El chico no se había movido un ápice con su explicación, y percibía que la curiosidad ardía con más brío. "Vosotros sí podéis cambiar, y aquí os doy esa oportunidad. Entre estos muros espero que cada uno de vosotros descubra su verdadera capacidad de humanidad." Hizo una pausa; los ojos le centellearon al mirar hacia abajo, a Carlos. "¿La pregunta que en realidad deseas hacer es dónde están los niños que se hicieron mayores aquí?"

Carlos calló.

"¿Y por qué ya no viven entre nosotros?"

Quiso salir corriendo.

Padre siguió observándolo antes de continuar, escogiendo con cuidado las palabras para saciar al joven, que asintió una vez. "Esta isla ha estado aquí desde hace mucho, mucho tiempo, hijo mío. Mucho antes que yo, y seguirá aquí cuando todos nos hayamos ido. He visto llegar y partir a incontables almas; a más de las que puedo recordar he ayudado mientras estuvieron aquí, y las he conducido hacia los destinos que les aguardaban más allá de la seguridad de estos terrenos."

A Carlos se le crisparon los dedos dentro de los zapatos, la ansiedad apretándole el pecho.

Padre acarició el brazo macizo de su silla, la mano deslizándose sobre la cabeza de lobo tallada al remate de cada apoyabrazos. La madera, fría, le resultó reconfortante. "El mundo más allá de esta isla es muy duro, y quienes más necesitan escapar siempre encuentran el camino hasta aquí. Pero no puedo ofrecer protección eterna, ¿comprendes? Cuando quienes forman nuestra familia sienten que están listos para regresar al mundo del que vinieron y sienten que ya no necesitan nuestro amparo, entonces son libres de marcharse, y yo les ofrezco esa libertad." Se volvió un instante hacia la ventana. "Sí, siempre me entristece verlos partir, pero nadie se queda para siempre. Ese peso, y ese don, me corresponden solo a mí: un precio que hay que pagar." Volvió a clavarle los ojos. "Ahora", dijo, dejando que una sonrisa le trepara por la mandíbula, "seguro que quieres volver a disfrutar del día. Eres joven: ve, disfrútalo. Es fugaz, y hay que saborear cada momento. A fin de cuentas, es la infancia la que alimenta la adultez."

Carlos asintió, se giró y emprendió camino hacia la salida, conteniendo como pudo el grito interior que le pedía echar a correr.

Padre lo siguió con la mirada, aguardando a que estuviera casi junto al pomo.

"Carlos", dijo cuando la mano del chico tocaba la manivela. "Respeta las normas de esta casa y no te ocurrirá nada."

Carlos se detuvo un instante, abrió y se escabulló al pasillo.

Mientras se encaminaba hacia el comedor, notó el estómago revolverse. El apetito se había quedado en aquella sala, y no deseaba otra cosa que huir de los muros que se cerraban y sentir en la piel el aire fresco de primavera. Se volvió hacia la escalinata del vestíbulo y subió de tres en tres, soltando las piernas para cruzar el mármol pulido hasta que la hierba amortiguó sus pisadas. No se detuvo. Corrió hasta llegar al fondo de la finca. Para entonces, los pulmones le ardían y las piernas amenazaban con ceder.

Al aproximarse a la fuente de mármol, dejó que el peso se le descolgara de las piernas y cayó frente a ella, deslizando la espalda contra la piedra fresca. Se abrazó las piernas con los brazos, con las rodillas al pecho. Carlos sintió cómo el miedo lo envolvía. No era como el pánico de cuando los otros chicos lo perseguían por el pasillo del orfanato, ni como lo que sentía cuando la directora alargaba la mano hacia la correa de cuero. Era miedo de verdad: del que te clava un puñal en el pecho y lo retuerce despacio. Del que te tensa la piel sobre el esqueleto y te seca la garganta. Del que te deja temblando en un día templado.

Durante la hora siguiente permaneció bajo el borde de la fuente, la mirada fija en la hierba que se extendía hasta los árboles, a doscientos metros. No sería hasta echarse esa noche cuando, por fin, aquella sensación empezaría a despegarse de él y la voz de Padre se iría diluyendo de sus oídos.

LA SOSPECHA

Al día siguiente, Carlos avanzó por la mansión. El sol de la mañana inundaba los pasillos con una luz coloreada y danzante al atravesar las vidrieras. Aquella mañana, sin embargo, caminaba ajeno a la belleza de la construcción que hasta entonces lo había maravillado cada día. Sus pasos eran lentos, la cabeza gacha y velada por los pensamientos. El muchacho que había deambulado invisible por el orfanato había regresado. Se saltó el desayuno: la conversación de la noche anterior y la de esa misma mañana aún le tenían el apetito a raya. No fue hasta que el olor familiar a pergamino añejo y cuero le llenó la nariz cuando se dio cuenta de que había venido directo a la biblioteca.

Entró y se detuvo en el centro para mirar alrededor. La sala estaba vacía.

"¿Isabella?", llamó, y los hilerones de libros que se alzaban hasta el techo amortiguaron cualquier eco que pudiera haber respondido.

"Aquí arriba", llegó la respuesta ligera desde el segundo nivel al cabo de un instante.

Isabella llevaba la mañana ordenando una estantería de la planta superior: sacaba los libros con cuidado, les quitaba el polvo y los devolvía en orden alfabético. Llevaba allí desde el desayuno.

Carlos sintió que una tibia calidez le aflojaba los labios mientras tomaba aire y exhalaba la presión que se le había ido acumulando dentro.

Se dirigió a la escalera de caracol y subió hasta donde estaba su amiga, con dos pilas de libros a sus pies. Ella llevaba el pelo recogido y, al acercarse, él le vio una gota de sudor en la frente.

"Te eché de menos en el desayuno", dijo ella, girándose con una sonrisa.

"No me encontraba muy bien", respondió.

"Lo siento. ¿Está todo bien?"

Carlos asintió.

"Me alegro", replicó con otra sonrisa. "Entonces, ¿te importaría ayudarme?" Le tendió un montón de libros que amenazaban con desparramarse. "Gracias. Supongo que me he dejado llevar un poco."

Carlos esbozó una sonrisa tenue; la mente aún presa del rostro enfurecido de Padre.

"Si termino estos hoy, mañana podré pasar a la siguiente sección." Hizo una pausa para secarse la frente con la manga. "Puede que incluso me dé tiempo a acabar el libro que tengo a medias." Se quedó mirándolo y notó que su cara estaba mustia, sin el brillo de curiosidad de siempre, sustituido por una máscara de cavilación pesada. "¿Qué ocurre?"

Carlos miró los libros un momento antes de hablar. "¿Has visto alguna vez a Padre enfadado?"

Isabella lo miró con curiosidad y, tras unos segundos, una sonrisa le cruzó los labios.

"No." Volvió a fruncir el ceño. "¿Qué hiciste, Carlos?"

Carlos dejó los libros sobre la mesa y le relató lo de la noche anterior: cómo se había acercado a la habitación del cuarto piso y cómo Padre había aparecido casi de la nada. Luego le habló de la pequeña criatura y de la sensación de que lo observaba, como si lo hubiera delatado.

"Espera...", exclamó Isabella, paseando la mirada con rapidez por la biblioteca. "¿Crees que la criatura te delató...?"

"Un momento estaba ahí y, al siguiente, apareció Padre... Y cuando le hablé, te lo juro, no sé cómo explicarlo, pero sentí que entendía lo que decía. Me comprendía."

Isabella respiró hondo; lo observó como si lo estudiase y dejó dos de los tres libros que aún sostenía en el suelo, junto a una estantería. Sus ojos volvieron a recorrer la sala, con un vistazo rápido a lo alto de las bibliotecas antes de continuar.

"Hay algo que tengo que contarte", dijo, volviendo a mirarlo y bajando la voz. "Aquí no."

Carlos la contempló un instante. La sonrisa enigmática de ella había desaparecido.

Isabella señaló las escaleras con la cabeza y echó a andar hacia la salida. En silencio avanzaron por el pasillo hasta el vestíbulo. Isabella no miró atrás mientras él la seguía. Carlos percibía que llevaba tiempo queriendo decir algo: la sensación del proverbial elefante abriéndose paso en la estancia. No fue hasta rodear el castillo cuando ella se volvió hacia él.

"Por aquí", dijo, saliendo a los jardines.

Carlos la siguió hasta el centro del prado que se extendía hasta el bosque. Ella se quedó un momento de pie, mirando alrededor, y luego se sentó en la hierba y abrió el libro delante de ambos.

Carlos vaciló un segundo. Miró en torno y se sentó, mientras el brusco cambio de tono de su amiga empezaba a calársele. Antes de que hablara, ella se adelantó:

"Yo vi a la mascota de Padre antes incluso de llegar aquí. Estaba allí antes de que mi familia se embarcara y otra vez justo antes de que el barco se hundiera. Te juro que vi a esa cosa, de pie en la ventana de nuestro camarote."

Él agachó la vista un instante; la imagen de la criatura sobre el tronco se le hizo nítida. "¿Estás segura?", preguntó, con el recuerdo del pequeño ser mirándolo desde el tronco del orfanato cruzándole la mente.

"No creo que algo así se imagine con facilidad", respondió. "Sí. Estoy segura."

"¿Qué crees que es?", preguntó Carlos al cabo de un momento.

Isabella se encogió de hombros.

"No lo sé, pero…", dijo tras una pausa. "¿Cuándo la viste tú por primera vez?"

"En el orfanato", respondió, con la imagen del ser mirándole fijamente volviéndole a la cabeza. "En el orfanato. Estaba allí justo antes de que me escapara. Era como si me enseñara el camino que seguí para huir. El que me llevó al bote que me trajo hasta aquí." Se detuvo, recordando el momento en que la criatura voló hacia los árboles y por el sendero que él siguió hasta la barca. "Sí. Si no la hubiera visto, no creo que hubiese tomado ese camino. Nunca habría acabado aquí…"

Ambos callaron, sopesando la coincidencia tácita de que el pequeño ser aparecía justo antes de su llegada a la isla, mirándose mutuamente.

A Isabella le recorrió la piel un escalofrío. "Así que los dos la vimos justo antes de llegar a esta isla", dijo, pensativa. "Y no somos los primeros en decirlo."

"¿Otros también?", preguntó Carlos.

"He oído a otros dos contar algo parecido", continuó. "Un chico dijo que su casa se incendió en plena noche y él fue el único que se salvó. Huyó, temiendo que lo culparan, y se coló en un barco. Luego, como me pasó a mí, ocurrió algo y el barco se hundió. Despertó aquí días después. Él también siguió a la criatura extraña, que lo condujo a los muelles. Así fue como acabó aquí."

Carlos notó cómo la piel bajo la camisa se le tensaba y ondulaba.

"El otro dijo que su familia estaba de vacaciones cuando una tormenta golpeó la isla en la que estaban. Lo mismo: vio a la criatura justo antes y luego terminó aquí…"

"¿Crees que provocó las tormentas?", dijo Carlos.

"No, no llego a tanto; pero es algo más que casualidad que, en todas las historias, nuestras familias mueran, nos arrastre el mar y acabemos aquí…"

Carlos la miró un instante; las palabras de Padre le volvieron a los oídos.

"Padre me dijo ayer, cuando me llamó a su despacho, que fuimos traídos aquí; que ninguno de nosotros llegó por accidente."

Isabella lo observó, y la preocupación le inundó la cara.

"Entonces… ¿Eso nos trajo aquí?"

"No lo sé", respondió Carlos en voz baja. "Eso fue todo lo que dijo: 'fuimos traídos'."

Isabella calló; los recuerdos de su familia la inundaron junto con la imagen del pequeño vigilante de la isla. La tristeza fue mutando lentamente en repugnancia, y esta en ira.

"¿Mataron a mis padres?"

Carlos se sobresaltó.

"¿Quién? ¿Padre y esa criatura? No… O sea, no lo

creo." Buscó palabras, o lógica, en todo aquello. "Mi familia murió mucho antes de que yo la viera."

"Pero aun así. Es la misma historia. La viste vigilándote y ahora estás aquí..."

A Carlos le volvió el cosquilleo a los brazos.

"No puede ser casualidad que estuviera allí cada vez, con cada uno."

Un matiz de rencor asomaba bajo las palabras de Isabella, con un tono de sospecha oculto justo detrás.

Se detuvo; su mirada viajó un instante hacia el castillo. Por encima, la brisa pasó lenta, con coriandro y jazmín flotando en el aire. Desde que había llegado, sentía que había algo siniestro escondido justo más allá de las sombras, observándolos mientras ellos proseguían ajenos con su vida. Era una sensación que sabía debía de ser compartida —y callada— por todos.

"Siempre tengo la sensación de que nos vigila; los otros niños no parecen verlo, pero yo lo veo a menudo suspendido, fuera de la vista, como si escuchara lo que decimos." Volvió a detenerse, ahora en un susurro. "¿Y el monstruo que vive en el bosque...? ¿Y Padre, que casi nunca sale de su habitación y parece sufrir cuando está al aire libre...?" Lo miró fijamente. "Carlos... Hay algo que no está bien en este lugar."

Al otro lado del prado, un grupo de niños estalló en carcajadas, haciéndose rebotar una pelota enorme. Isabella dio un respingo, con los ojos yendo hacia el ruido.

"Mira a tu alrededor... ¿Un paraíso de niños con comida y dulces sin fin, sin supervisión y ni siquiera una hora de acostarse...?"

Carlos guardó silencio. Él también lo sentía desde el primer momento: la inquietud de que las cosas no eran lo que parecían. Lo había estado royendo desde que saltó de la barca y, extrañamente, le aliviaba no ser el único en sentirlo y, a la vez, lo inquietaba aún más.

"Creo que debemos ir con cuidado", dijo Isabella al cabo de un rato. "Y no creo que debamos hablar de esto con nadie más... Por si acaso."

Carlos asintió.

"No confío en Padre", dijo, mirando la hierba. "Hay algo en él que me da miedo."

Isabella lo sostuvo con la mirada y luego la bajó al libro entre las manos.

"A mí también."

Se quedaron en silencio unos minutos, sin saber qué decir, mientras el castillo se alzaba mudo a poca distancia.

El viento se llevó su conversación.

"Voy a volver a la biblioteca", dijo Isabella al fin, cerrando el libro y poniéndose en pie. Dio unos pasos y se volvió. "Tenemos que ser prudentes aquí."

Carlos asintió cuando ella retomó el camino hacia la entrada. Sintió una mezcla de tibieza y frío punzante a su alrededor, como llevar un abrigo caliente en una noche de nieve. Se alegraba de tener por fin una amiga, pero también sabía que ella tenía razón. Había algo extraño en la isla. Y ahora que lo había sentido plenamente, ya no podía apartarlo.

Durante los tres días siguientes recorrió jardines y pasillos, observando a los demás niños correr despreocupados, cumplir sus tareas y hartarse de comida. Nadie parecía preocuparse ni se veía el menor atisbo de pregunta sobre dónde estaban o cómo habían llegado. Para ellos, aquello era un paraíso, un mundo lejos del tormento y la angustia de sus vidas de antes. Todos eran felices, e incluso a él le costaba mantener la sospecha a medida que pasaban los días.

LA CURIOSIDAD

Habían pasado otros dos días y, aun así, la conversación que lo había dejado en vilo seguía aferrada, ligera, a la parte de atrás de su mente. Todo parecía haber vuelto a la normalidad; cualquier presagio o conspiración se había disuelto en una bruma de cielos azules y estómagos llenos. Incluso Isabella parecía haber regresado a su rutina de siempre: comer y recluirse en la biblioteca, rodeándose de tomos interminables hasta bien entrada la tarde, momento en que se encontraban para charlar sobre la hierba, junto a la fuente. Aquel día, sin embargo, decidió quedarse más tiempo para terminar la sección en la que trabajaba. Su mente estaba envuelta en números y encuadernaciones: iba sacando con cuidado distintos libros de las estanterías y hojeándolos para decidir dónde encajarían mejor.

Había dejado un volumen antiguo, enteramente en latín, sobre una pequeña pila destinada a su sección de lenguas extranjeras cuando no tanto oyó como sintió una presencia a su espalda.

Se volvió lentamente y vio a Padre, de pie justo dentro del umbral, con la mirada recorriendo la sala despacio. Estaba abarcando cada lomo, cada fila con meticulosa precisión, anotando sin pestañear cada cambio que ella había hecho. Cuando terminó de escudriñar hasta el segundo piso, clavó los ojos en ella.

Isabella guardó silencio, suponiendo que debía de

haber algún motivo para su visita, pues él no había puesto un pie en la biblioteca desde su llegada. Solo esperaba que no tuviera que ver con la conversación que ella y Carlos habían mantenido días atrás.

"Veo que has avanzado mucho", dijo por fin, tras una pausa incómodamente larga.

Ella sonrió y miró alrededor con rapidez. Un largo bucle se le había escapado por delante, y se lo retiró detrás de la oreja.

"Aún me queda un largo camino." Se detuvo, como si una idea candente la hubieran marcado de pronto.

¿Llegarán más libros alguna vez? Me preocupa qué haré cuando todo esté ordenado y ya no quede nada por hacer."

Padre la observó un instante, con la mirada penetrándole hondo.

"Ya me ocuparé de que se hagan los arreglos cuando llegue ese momento", replicó. "Pero, por ahora, todavía queda mucho trabajo en el castillo."

Isabella asintió. La idea se le quedó rondando. Suponía que, en el peor de los casos, siempre podría volver a reorganizar con otro criterio. Al menos los libros seguirían lustrosos.

Padre la miró un segundo más; el entrecejo se le frunció apenas.

"¿Eres feliz aquí?", preguntó, con una frialdad plana.

Ella lo sostuvo la mirada un momento. Notaba que

él sabía algo, aunque lo ocultaba tras una máscara de falsa preocupación.

"¿Por qué lo pregunta?", respondió, pinzando la curiosidad en su pregunta.

"Me han comentado uno o dos de los otros niños que pareces preocupada estos días. Me limité a interesarme."

Un leve ceño le cruzó los ojos. Odiaba que se entrometieran en sus asuntos. Era una de las razones por las que prefería su propia compañía. Sintió el calor subirle a la cara y, al instante, se le encendieron las mejillas.

"Pues quizá esos 'otros niños' deberían aprender a meterse en sus propios asuntos y no ir por ahí contándole a nadie cómo suponen ellos que puedo, o no, sentirme."

Padre permaneció inmóvil, una estatua de piedra mirándola sin rastro de emoción.

"Me parece bastante grosero que se atrevan a decirle a usted cómo me siento en lugar de venir a preguntarme primero. Pero, para su información, estoy perfectamente. Paso el tiempo aquí para no participar en esos juegos pueriles. Disfruto de mi compañía, aquí y fuera. Lo que hago es cosa mía; y cómo me siento, también."

Cuanto más hablaba, más notaba crecer su enfado. No era culpa de Padre, y por un instante estuvo a punto de lamentar su arrebato; pero aquello se desvaneció en cuanto cayó en la cuenta de que él podía haberlo ignorado por completo.

Padre inspiró con fuerza; la arruga de la frente se le alisó al relajarse. Oía el leve gruñido tras un velo de oscuridad, susurrando. Admiraba su desafío: le recordaba al joven que él mismo había sido, hacía mucho. La contempló: los labios apretados, el rizo que había vuelto a escaparse de la oreja, la mirada suspicaz con que lo sostenía. Nadie se le había acercado. Nadie le había dicho nada de ella. Simplemente se valía de la querencia juvenil por el chismorreo para tantear los verdaderos sentimientos de sus pupilos. Por un segundo, una sonrisa mínima le tiró del labio al imaginar el destino de cualquiera que se pusiera de frente a su lado menos amable. Acababa de atisbar lo que se ocultaba detrás de la calma encuadernada en libros que ella llevaba consigo. Por dentro, algo se retorció, contorsionándose para mirar mejor.

"Me aseguraré de reiterar tu mensaje si a alguno le entra el humor de entrometerse en tus asuntos", dijo, apartando la vista para abarcar el desorden que ya iba menguando de forma notable. Luego se volvió y salió al pasillo, desapareciendo.

Isabella se quedó quieta un momento, mientras las emociones se le iban templando. Sus palabras la habían enfadado. No tanto por la idea de otros niños hurgando en su vida, como por el hecho de que aquella pequeña parcela de aislamiento que tanto disfrutaba se había visto, ahora, manchada.

Se encaminó al pequeño hueco que se había reservado en el segundo piso y sacó el libro que estaba leyendo. Abrió la solapa por su marca y tomó aire, soltándolo después, mientras dejaba que la vista se posara en el espacio que, instantes antes, había ocupado Padre.

UN HORROR DESCUBIERTO

Afuera, Carlos se encontró deambulando por el borde del bosque que rodeaba los terrenos de la finca. Había hecho de ello una rutina diaria, hallando en ella una calma apacible. Le gustaban los sonidos del bosque: los cantos lejanos de los pájaros y el chirrido de los grillos, mezclados con las risas y charlas de los niños cerca del castillo. Aquella sensación todavía no se había desvanecido. Cada día, la extensa propiedad se volvía más su hogar; el recuerdo aterrador del rostro de Padre y las preguntas sin respuesta se disipaban un poco más con cada comida y cada tarde larga bajo el sol. Había una especie de magia en la isla, un olvido que se deslizaba dulcemente con cada día que pasaba.

Había llegado a la parte trasera, a medio camino entre el castillo y la fuente donde pasaba horas leyendo y soñando despierto. Blandía un palo en el aire, fingiendo ser uno de los espadachines de las novelas de Alexandre Dumas que Isabella lo había obligado a leer —una edición rara, impresa en inglés—, cuando algo llamó su atención. Un poco más adelante, un pequeño animalito se hallaba sentado en la hierba. Se detuvo, bajando el palo a su costado, y observó cómo la ardilla masticaba lentamente un fruto caído de un árbol cercano. Se quedó un instante quieta, mirándolo, y luego giró, desapareciendo velozmente entre los árboles.

Carlos se acercó al lugar donde había estado y notó

lo que parecía ser una pequeña abertura detrás de los arbustos densos. Dejó su "espada" a un lado y apartó las ramas. Detrás había un enorme tronco hueco. Se extendía unos tres metros hacia el interior del bosque, y podía ver lo que parecía ser un sendero al otro extremo.

Dejó caer el follaje en su sitio y miró a su alrededor. Los terrenos estaban vacíos; hasta donde alcanzaba la vista, era el único en ese lado del castillo. Volvió a apartar las ramas y se abrió paso por el tronco hueco. Momentos después, estaba del otro lado, con un muro espeso de vegetación bloqueando la vista del castillo. Sonrió para sí, sintiendo cómo la aventura lo embargaba, y giró hacia el sendero que se adentraba entre los árboles. Al dar el primer paso, las palabras de Padre regresaron a sus oídos: *Nunca entres al bosque. Hay un monstruo que se alimenta de los niños.* Se detuvo. Sus pies vacilaron por un momento antes de que la curiosidad ganara la batalla y lo empujara a seguir. Aquel sendero ya había sido usado antes; eso significaba que debía llevar a algún sitio.

El bosque que lo envolvía era espeso; árboles gigantescos se alzaban hasta encontrarse en una bóveda que cubría todo a la vista. Matorrales y flores crecían por el suelo, y el aire olía a corteza húmeda y turba. Caminó durante una hora, escuchando los sonidos de la naturaleza y sintiendo la brisa fresca deslizarse por su piel. Siguió la diminuta senda, notando que hacía mucho que nadie pasaba por allí. La hierba había vuelto a brotar en los lugares pisados, y en ocasiones el camino desaparecía por completo. El temor al monstruo fue desvaneciéndose poco a poco, sustituido por la fascinación del mundo fantástico que lo rodeaba. De vez en cuando se giraba para comprobar que no había perdido el rumbo; sabía bien el precio de extraviarse, la imagen de unos ojos esmeralda aún persistiendo al fondo de su mente.

Una hora más tarde cruzó un pequeño arroyo y se detuvo a escuchar el murmullo suave del agua. Mientras observaba el enjambre de insectos flotando sobre la corriente, se dio cuenta de que no había traído comida ni bebida, y que, por primera vez desde que entró al bosque, la garganta le ardía de sed. Se inclinó y dejó que el agua llenara su mano, pero en ese momento un olor extraño le rozó la nariz: fuerte, nauseabundo, como el de un animal muerto y abandonado al sol. Levantó la vista y vio, más adentro, lo que parecía un enorme claro. Desde donde estaba, el terreno —de casi treinta metros de ancho— parecía completamente vacío. Bebió despacio, sin apartar los ojos de aquel espacio abierto. El hedor volvió a pasarle por la cara, más intenso. Se puso de pie, secándose las manos en los pantalones, y dio los primeros pasos hacia el claro.

A medida que avanzaba, el olor se volvía insoportable. Unos metros después, levantó la camisa hasta cubrirse la nariz y contuvo la respiración. Al llegar al borde, se dio cuenta de que no era un claro, sino un agujero gigantesco en el suelo, como si la tierra hubiera colapsado y tragado una parte del bosque. Sintió el frío reptar por dentro mientras se acercaba con paso vacilante. Cuando llegó al borde, se quedó petrificado: el estómago se le revolvió, la piel erizada. A tres metros de profundidad y cubriendo toda la extensión del cráter, yacían huesos y cuerpos en avanzado estado de descomposición.

Un grito mudo le subió al pecho mientras el horror lo inundaba. El vómito le brotó y cayó de rodillas, expulsando lo poco que tenía en el estómago. Frente a él se abría la imagen del infierno: la muerte sin nombre, la podredumbre. Un olor pesado a cadáver y a tierra húmeda lo envolvía todo.

Cuando cesaron las arcadas, alzó la cabeza. Permaneció de pie, inmóvil, con el cuerpo tembloroso y la mirada clavada en el foso, hasta que el crujido de una rama en el bosque lo arrancó de golpe de su trance.

Carlos se giró, los ojos abiertos de par en par, limpiándose la saliva del rostro. Apenas tuvo tiempo de respirar antes de salir corriendo por el sendero. Corrió con todas sus fuerzas, sintiendo detrás de sí la presencia del monstruo, enorme, alargando zarpas invisibles hacia él. Siguió, incluso cuando las piernas amenazaban con doblarse, cuando los pulmones le ardían. Y cuando creyó que iba a caer, divisó el tronco en la distancia. Se lanzó de rodillas, arrastrándose por el túnel hasta salir al otro lado. Apartó el arbusto y se desplomó sobre la hierba, jadeando. La garganta seca, los músculos en llamas, el corazón desbocado. Se quedó tumbado mirando el cielo azul, mientras el zumbido del bosque volvía lentamente y el retumbar de su pulso se desvanecía. Lo que había visto seguía quemándole por dentro. Padre tenía razón: en el bosque había un monstruo que devoraba niños. Él lo había visto aquella noche desde la ventana. Había algo maligno escondido entre los árboles. Tenía que advertir a los demás. Tenía que contárselo a Isabella. Todo lo que les habían dicho era verdad. Todos sus temores eran reales.

Se puso de pie y comenzó a andar hacia el castillo. Las manos le temblaban, la espalda y el pecho empapados de sudor, la camisa pegada a la piel. Caminaba con las piernas temblorosas, al borde de derrumbarse. Al pasar junto a la fuente, levantó la vista: sobre una cornisa del segundo piso, justo bajo las ventanas, estaba la pequeña criatura alada, la mascota de Padre. Carlos la miró fijamente, notando cómo lo observaba desde arriba. Aunque su rostro escamoso carecía de expresión, juraría que podía sentir en él una chispa de sospecha.

La criatura aleteó y se elevó, perdiéndose por encima del castillo. Carlos siguió su camino, subió las escaleras y cruzó los pasillos hacia la biblioteca. Al acercarse, sus pasos se hicieron lentos. No sabía qué hacer. Parte de él sentía la obligación de contarle lo ocurrido; ella tenía derecho a saber. Pero al mismo tiempo, no quería ser quien arruinara aquel lugar para ella. Isabella era feliz. Había perdido a su familia, y al menos aquí tenía un hogar, amigos, una calma. Padre había dicho que mientras no se internaran en el bosque, estarían a salvo. Pero él lo había hecho. Y ahora sabía la verdad. El cuento de hadas se había torcido.

Se detuvo, a pocos pasos de la entrada de la biblioteca. Le contaría, pero no aún. Todos conocían la historia del monstruo del bosque. Saber que era real no le traería consuelo, ni a ella ni a ninguno. No quería darle un motivo para marcharse. Sabía que era egoísta, pero aquella era la primera amistad verdadera que había tenido, y se aferraba a ella con desesperación. No podía perderla.

"¿Qué haces?"

Carlos alzó la vista, sobresaltado. Isabella estaba frente a él, observándolo de arriba abajo con una mueca de desagrado.

"Estás hecho un asco... y sudado..."

"Eh...", balbuceó. "Eh... sí... estaba... estaba limpiando la fuente. Pensé que sería bueno hacer que volviera a funcionar."

Isabella lo miró, y el disgusto se le transformó en

una sonrisa divertida. "¿Sabes? Eres un pésimo mentiroso..."

Sonrió con un leve movimiento de cabeza y pasó junto a él, dándole un golpecito en el brazo. "Vamos..."

Caminaron unos metros en silencio antes de que ella hablara de nuevo: "Sabes que puedes contarme cualquier cosa, ¿verdad?", dijo desde detrás.

Carlos aflojó el paso hasta quedar a su lado.

"No soy tonta. No te pondrías así de sudado ni te llenarías de arañazos por limpiar una fuente..."

Carlos asintió.

Isabella soltó una risita con un resoplido. "Chicos..."

Giró y se alejó por el pasillo, dejándolo allí.

Él la vio marchar y luego siguió hacia su habitación. Al hacerlo, notó a la criatura flotando en lo alto de las escaleras que conducían al cuarto de Padre. Se detuvo, observándola mientras aleteaba un segundo y luego salía disparada por el corredor. Carlos entró en su cuarto y se desvistió, preparándose un baño. Se sumergió en el agua hasta la hora de la cena, intentando borrar la imagen del pozo de su mente. Pero, por más que cerrara los ojos con fuerza, los huesos pequeños y los cuerpos en descomposición lo seguían atormentando. Sentado solo en su habitación, el olor seguía pasando, arrastrado por un aire que no existía.

UNA PETICIÓN DE PARTIDA

Pasaron los días. El cielo seguía inmóvil, envuelto en un manto de azul inmutable. Carlos estaba sentado al pie de la escalinata principal, con una bolita menguante de pan dulce en la mano, mientras charlaba con otros dos niños que habían salido a tomar el aire. La escena del bosque seguía fresca en su mente, y cada conversación que mantenía estaba teñida por los rostros de la muerte.

"Eso no es lo que yo oí," dijo una niña más pequeña, de pelo negro como el ala de un cuervo. "Ella me contó que no estaba segura de que sus padres estuvieran muertos y quería volver para comprobarlo por sí misma."

"Pero no puedes irte y luego volver," respondió un chico algo mayor. "Padre nos ha dicho que, una vez que dejamos la isla, ya no podemos regresar."

"No," replicó la niña. "Dijo que siempre seríamos bienvenidos, solo que ninguno de los que se marchan ha vuelto jamás."

Carlos escuchaba la conversación. Él había visto a los niños que nunca regresaban. Los dos estaban equivocados. Ellos no se iban.

"¿Quién va a irse?" preguntó, temiendo que otro niño fuese conducido por el bosque y acabara presa del monstruo.

La niña lo miró frunciendo el ceño, como si le

resultara incomprensible que alguien pudiera ignorar un rumor que todos conocían. "Marianna."

"Oh," respondió Carlos, fingiendo que sabía a quién se refería.

"Padre le ha dado permiso para marcharse, y esta tarde tendremos su ceremonia de despedida," añadió el chico. Había una emoción fría en sus palabras.

"¿Ceremonia de despedida?" preguntó Carlos, sin entender del todo qué implicaba marcharse de la isla.

Los otros dos se miraron un instante. "Es el chico nuevo," susurró la niña.

"Ah," sonrió el mayor. "Bueno, cuando uno de nosotros decide marcharse —aunque sigo sin entender por qué querría nadie hacerlo—, celebramos el tiempo que ha pasado aquí con nosotros, la amistad que hemos compartido y que echaremos de menos cuando se haya ido. Todos nos reunimos en el salón de banquetes para un festín especial, y Padre pronuncia un discurso de despedida. Luego nos acercamos para decir adiós, y Padre los acompaña hasta la barca que los llevará de vuelta al lugar del que vinieron."

La finca Embry cruzó por la mente de Carlos, el rostro cruel de la directora surgiendo entre la neblina del recuerdo.

"¿Tienen que volver al sitio del que vinieron o pueden ir a otro lugar?" preguntó, con una inquietud que se filtraba en su voz.

"No," respondió el chico. "Mientras Padre sepa adónde enviar la barca, puedes ir a donde quieras. Nueva York, Londres, Dublín… donde desees."

La tensión se disipó en un suspiro que Carlos no se había dado cuenta de estar conteniendo.

"Ya lo verás," dijo el muchacho. "Su ceremonia es esta noche." Sonrió, mirando a la niña. "Eso sí, ve con hambre. Siempre hay dulces increíbles. Es una de las pocas veces, además de Navidad, en que Padre comparte recetas de su libro personal."

Carlos lo miró confuso, y la niña captó al instante su expresión.

"Boris es uno de los cocineros," explicó, con una ligera nota de orgullo en la voz.

"Oh," dijo Carlos, volviéndose hacia el chico. "La comida es excelente, gracias."

El muchacho sonrió. "Bueno, dicho esto, debería irme. Seguro que los demás ya han empezado." Se giró hacia la niña y le dedicó una leve sonrisa antes de marcharse.

Al volver hacia la mansión casi chocó con Isabella, que bajaba los escalones con un libro en una mano y una manzana roja perfecta en la otra.

"Vaya," exclamó el chico, esquivando a tiempo. "Me has dado un susto."

Isabella se detuvo, las cejas alzadas, mirando al chico que se sonrojó y pasó apresurado a su lado.

"Hola," dijo Carlos cuando ella bajó los últimos escalones.

"¿Qué ha sido eso?" preguntó, mirando por encima del hombro hacia donde el chico había desaparecido.

"Algo sobre una ceremonia de despedida..." respondió Carlos, con la mirada fija en la puerta de la mansión. "Era uno de los cocineros, Boris."

"Ah," dijo Isabella, con un gesto de leve irritación. "¿Y la chica?"

"Oh," exclamó Carlos, girándose hacia el lugar vacío donde ella había estado. "¿Dónde se ha metido?"

"No importa. Mira, no me encuentro muy bien," dijo, con una tristeza apenas contenida en la voz. "Voy a sentarme un rato en el jardín."

"¿Quieres que te acompañe?" preguntó Carlos, preocupado.

"Creo que ya tengo la compañía que necesito," respondió ella, con una leve sonrisa mientras apretaba el libro entre las manos. "Gracias de todos modos."

"De acuerdo," dijo Carlos, viéndola alejarse hacia el césped. "¿Nos vemos en la ceremonia?"

Isabella asintió, alcanzando ya la hierba.

Carlos respiró hondo, observando cómo su amiga se adentraba en los jardines, y luego se volvió hacia el interior del castillo.

Mientras caminaba por los pasillos, cuatro niños pasaron corriendo y riendo a su lado. La idea de marcharse le pesaba en la mente. No tenía deseo de irse, pero se preguntaba si, llegado el momento, sería capaz, y a dónde podría ir. Subió hacia el segundo piso, las preguntas aún zumbando, y no fue hasta que se encontró ante la puerta de los aposentos de Padre que se dio cuenta de lo que estaba haciendo. Levantó la mano y llamó suavemente. Un instante después, oyó la voz calmada del hombre filtrarse a través de la madera gruesa.

"Puedes entrar."

Carlos abrió la puerta y avanzó por la estancia. Al cerrarse detrás de él, vio a Padre sentado al fondo, dejando un libro sobre el brazo del sillón y levantando la mirada para saludarlo.

"Hola, Carlos," dijo con una sonrisa. "¿Va todo bien?"

"Sí, Padre," respondió Carlos, todavía buscando cómo empezar. "Gracias."

"¿Y qué te trae hoy a mí?"

Carlos se movió con incomodidad, entrelazando las manos frente a sí. Notó las palmas húmedas y el malestar que siempre le invadía al recordar el rostro airado de Padre. Se arrepintió de haber llamado. "Quería hacerle una pregunta."

Padre lo observó un momento antes de responder, con una sonrisa que se ensanchó. "Por supuesto, hijo. Adelante."

Carlos respiró hondo, se secó las manos en los pantalones y exhaló despacio. "Si algún día quisiera marcharme, intentar empezar una vida nueva en otro lugar, ¿sería posible? ¿Podría hacerlo?" Las palabras salieron débiles, temblorosas al final.

Padre se tensó, los ojos entrecerrándose por un instante antes de recostarse en el sillón. "Bueno, Carlos. Aunque me entristecería mucho ver marchar a otro niño, me vería obligado a atender tu petición." Hizo una pausa, y su sonrisa se apagó. "Se te permitiría marcharte, aunque te aconsejaría pensarlo detenidamente."

Carlos bajó la mirada unos segundos antes de volver a levantarla.

"Sigue siendo como te dije antes," continuó Padre. "Nadie está prisionero en esta isla, salvo yo. Todos sois libres de iros por voluntad propia. Y aunque siempre me entristece, me encargaría de que llegaras al destino que desees."

Padre lo observó un instante más, ladeando ligeramente la cabeza con un aire de sospecha apenas perceptible.

"Perdón, pero hay algo que no dejo de pensar," soltó Carlos de golpe, bajando la mirada. "Si hay un monstruo en el bosque, ¿cómo puede usted llevar a los niños hasta las barcas y volver sin que le ataque?"

Padre guardó silencio. En su mente algo oscuro se

desperezó lentamente. Detrás de sus ojos pareció vibrar un gruñido inaudible. "Verás, Carlos," comenzó con su calma medida. "Llevo mucho tiempo aquí. Yo proveo para la isla, y la isla, a su vez, provee para mí, para nosotros. Sé cuándo es seguro atravesar el bosque y cuándo no. Quienes me acompañan no tienen nada que temer, salvo el mundo que hay más allá." Hizo una pausa, estremeciéndose apenas. "No estarás pensando en irte ya, ¿verdad?"

Carlos alzó la vista, sin haber notado que aún miraba al suelo. "¡No! Solo… escuché que una chica se marcha hoy, para intentar encontrar a sus padres. Solo quería saber si algún día quisiera hacerlo yo también, para empezar una vida nueva, si podría. Eso es todo. No estoy pensando en irme."

Padre se relajó un poco. "Sí. Marianna se marcha hoy." Elevó la mirada hacia una de las vidrieras. "Como ya he dicho, siempre es triste," murmuró, contemplando el vidrio teñido de rojos y naranjas. "Perder a otro niño."

Volvió a mirarlo. "Pero supongo que esa es la naturaleza de la juventud, siempre buscando, siempre atada a una curiosidad infinita. Supongo que esta isla solo puede ofrecer hasta cierto punto, antes de que la rutina los devore y deseen cambiar, transformarse en adultos y parecerse a aquellos que los trajeron aquí." Guardó silencio un momento. "Hay cosas que nunca cambian."

Carlos se sintió incómodo. Solo quería preguntar e irse, y ahora Padre parecía perdido en sus reflexiones.

"Perdóname," dijo el hombre al notar su inquietud. "A veces me extiendo demasiado. Sí, si llega el día en que deseas marcharte, basta con que me lo digas. Me aseguraré de que llegues a tu destino."

Carlos asintió, mirando de nuevo al suelo.

"¿Eso era todo, Carlos?" preguntó Padre, señalando la puerta con la mano.

"Sí," respondió el chico, deseando girarse de inmediato.

"Entonces disfruta del resto del día. Nos veremos en la cena."

"Gracias," dijo Carlos, dándose la vuelta lentamente.

"Y, Carlos."

"¿Sí?" Se detuvo, mirando otra vez al sillón.

"Recuerda: el bosque no es seguro sin mí. No debes adentrarte en él. Te ocurrirá una desgracia si lo haces."

Un escalofrío recorrió a Carlos. Lo sabía. Supo al instante que la criatura lo había visto salir del tronco. Las preguntas lo golpearon en oleadas mientras miraba a Padre al fondo de la sala. Luego, una mano levantada dio por terminada la conversación. El frío malestar se cerró en torno a él y avanzó despacio hacia la puerta.

Cuando se cerró tras él, sintió la pesadez del aire disiparse. Caminó por el pasillo hasta llegar a su cuarto. De algún modo, estaba seguro: Padre lo sabía. Minutos después estaba junto a la ventana, observando los árboles a lo lejos. Había visto la fosa, y no podía apartar de su mente el susurro que le decía que aquellos cuerpos y los niños que "decidían marcharse" estaban conectados.

Al cabo de un rato se volvió, fue hasta su pequeño escritorio, tomó el último libro que Isabella le había dado y se dejó caer sobre la cama. Abrió las tapas, miró una vez más por la ventana y se sumergió en las páginas envejecidas entre sus manos.

LA CEREMONIA

Carlos fue arrancado de las páginas de su libro por el ruido de los niños que pasaban bulliciosos por el pasillo, el sonido filtrándose poco a poco en la habitación. Alzó la vista y se dio cuenta de que ya era avanzada la tarde; al mirar por la ventana distinguió un remolino de gris claro en el horizonte. Permaneció un instante inmóvil antes de cerrar el libro ya iba por más de la mitad y ponerse en pie. Dejó el volumen sobre la mesa y salió al pasillo, uniéndose al flujo de niños que avanzaban entre risas y murmullos hacia el comedor.

Al cerrar la puerta tras de sí, sintió una extraña vibración en el aire, una emoción que danzaba por los corredores entre la curiosidad y la tristeza. Había una energía extraña, una mezcla de temor y admiración suspendida en el ambiente, mientras algunos niños consideraban insensato marcharse, y otros, en silencio, lo envidiaban. Giró a la derecha y siguió a la corriente de voces alegres. Minutos después se sentaba junto a Isabella, que como siempre había sido una de las primeras en llegar.

"¿Así que una cena elegante?" preguntó, acercando la silla mientras el aroma de fruta recién cortada y pastelillos calientes le provocaba el apetito.

"Solo he visto marcharse a otra persona," respondió Isabella, con los ojos fijos, vigilantes, en la puerta del fondo por la que Padre aparecería en cualquier momento. "Pero sí, fue exactamente así."

Apenas terminó la frase, el murmullo de la sala creció cuando una chica un poco mayor que Isabella entró. Era delgada, con unos rasgos frágiles ocultos bajo una cascada de cabello negro azabache que le llegaba a la cintura; una melena tan oscura que parecía absorber la luz a su alrededor. Carlos escuchó a uno de los niños susurrar al de al lado que aquella era Marianna. Mantuvo la mirada en ella mientras un grupo de pequeños se levantaba para rodearla, sus voces convirtiéndose en un eco confuso que llenó el salón. En ese momento comprendió que, aunque apenas fueran unas decenas, muchos de ellos no se conocían entre sí.

Su pensamiento se vio interrumpido por el chirrido de la puerta trasera al abrirse. El bullicio cesó en el acto cuando Padre entró, avanzando hacia su asiento en la cabecera de la mesa principal.

"Por favor," dijo extendiendo las manos. "Tomad asiento."

Hubo un revuelo breve mientras los niños regresaban a sus lugares, y un largo crujido resonó cuando todas las sillas se deslizaron al unísono. Luego el silencio cayó, y decenas de ojos se fijaron en el hombre que se erguía al frente.

"Es en estos días," comenzó Padre, su voz grave y serena extendiéndose por la estancia, reverberando contra las paredes, "cuando la tristeza llena mi pecho."

Todas las miradas estaban puestas en él. "No por la partida de uno de nosotros, sino porque habrá una risa menos resonando por los pasillos, un par de pies menos jugando en los jardines, una persona menos con quien compartir consuelo y amistad. Me entristece este día porque hay un niño menos al que podré cuidar y proteger."

Hizo una pausa, su mirada dirigiéndose a Marianna. "Por favor, hija mía, ¿te pondrías en pie?"

Marianna se levantó, mirando a Padre durante un instante antes de bajar los ojos y lanzar una mirada rápida alrededor de la sala.

Padre continuó, su voz poderosa pesando sobre los corazones de los presentes. "Marianna llegó a nosotros hace tres años. Su familia era abusiva, su tío… imperdonable. Pero como todos vosotros, fue guiada hasta aquí; encontró el camino a esta isla, donde halló refugio entre otros como ella, almas dulces rechazadas por un mundo sin compasión." Sonrió con ternura, sus ojos suavizados al posarse en la niña de vestido azul de verano, de pie con los brazos pegados al cuerpo. "Y mientras estuvo entre nosotros, tocó muchas vidas y se hizo amiga de muchos de vosotros. Como todos los que estáis aquí, es especial —para vosotros, y para mí."

La observó un momento más antes de indicarle que podía sentarse. El aire que llenaba la sala tenía la ligereza de un funeral.

"Pero, por desgracia," prosiguió, "ha llegado el momento —ese que os llegará a todos— en el que siente que está preparada para reunirse de nuevo con el mundo que la espera. Siente que esta isla ya no le basta, y desea encontrar una nueva vida en otro lugar."

Carlos se removió en su asiento y miró a su derecha justo a tiempo para ver el leve ceño de incomodidad que cruzaba los ojos de Isabella. Percibía que Padre ocultaba tras sus palabras una fina línea de sarcasmo.

"Ahora bien," continuó, "no debemos enfadarnos por su decisión, pues es eso precisamente: su decisión. Marianna y yo hemos hablado largo y tendido sobre las dificultades que afrontará al intentar reintegrarse en la sociedad de los hombres, y ella conoce los riesgos. Así que, como siempre he hecho y siempre haré, la acompañaré hasta el embarcadero, velaré para que la bestia no le arrebate la vida y me aseguraré de que regrese al mundo que desea reencontrar." Hizo otra pausa, fijando de nuevo la mirada en ella. "Te echaremos de menos, Marianna. Eres una hermana para tus amigos y una hija para mí, y lamento sinceramente tu decisión. Pero la respeto y te recordaré siempre."

Sonrió, alzando su copa sobre la mesa e invitando con el gesto a los demás a hacer lo mismo. "Por tu recuerdo, y que halles aquello que buscas." Bebió un sorbo, y los niños lo imitaron en silencio. "Ahora," dijo, con una sonrisa amplia extendiéndosele por el rostro, "dejemos que nuestra nube de tristeza se disipe y despidamos a nuestra hermana con alegre festividad."

Padre tomó asiento lentamente mientras la sala estallaba en aplausos y vítores. El murmullo regresó enseguida, acompañado por el sonido de platos y cubiertos cuando todos se lanzaron por fin a la comida que les había estado tentando.

Carlos se detuvo con un panecillo dulce en la mano. La imagen del pozo se le cruzó en la mente, y no pudo evitar sentir que las palabras de Padre escondían algo siniestro. Mantuvo las manos quietas sobre el regazo, la mirada perdida en la crema marfil del pastel que reposaba frente a él.

"¿Estás bien, Carlos?" preguntó Isabella tras unos segundos, al notar a su amigo inmóvil junto a ella.

"¿Eh?" dijo Carlos, volviéndose hacia ella.

"¿Te pasa algo? Pareces... distante."

"Eh, sí," mintió él, sacudiendo la cabeza como si espantara las telarañas de sus pensamientos. "Estaba recordando el orfanato..."

Isabella lo observó un instante antes de tomar la jarra de agua de fresa y servirse un vaso. Pasaron la siguiente hora en el comedor, escuchando el murmullo de las voces y los estallidos ocasionales de risa que brotaban por toda la sala. Comieron hasta saciarse y disfrutaron del ambiente, viendo cómo algunos se levantaban para despedirse de Marianna o desearle suerte.

Cuando varios niños comenzaron a marcharse, regresando a sus tareas o al patio, Carlos miró a Isabella y dijo:

"Voy a dar un paseo antes de que anochezca."

Isabella asintió, limpiándose las manos con la servilleta. "Tengo algunas cosas que terminar en la biblioteca," respondió. "¿Te veo luego?"

Carlos asintió con una sonrisa débil. "Sí." Sacó la silla y se dirigió a la salida. Poco después, volvió a encontrarse frente al tronco cubierto de arbustos y al sendero que se internaba en el bosque.

EL MONSTRUO

Había pasado una hora cuando los vellos de sus brazos se erizaron ante el olor a podredumbre antigua: turba húmeda mezclada con tela mojada y el hedor metálico de la sangre seca. Se dio cuenta de que había regresado al foso lleno de cadáveres. Al acercarse, su rostro permaneció inexpresivo, con las emociones retorciéndose bajo la piel de gallina que le cubría el cuerpo. No sabía por qué había vuelto, pero al mismo tiempo lo comprendía perfectamente. Necesitaba comprobar si lo que había visto antes era real, y ahora, de pie al borde del enorme agujero cubierto por un macabro entramado de carne putrefacta y huesos secos, sabía con certeza que lo era. Pero ¿por qué...?

Se quedó quieto un instante, consciente de que el sol casi se habría puesto para cuando regresara, cuando un sonido lejano susurró a través de sus oídos. Se congeló, inmóvil como un cadáver, conteniendo el aliento mientras sus oídos se esforzaban por localizar aquel ruido punzante que lo había arrancado de su contemplación y le erizó el vello de la nuca. Permaneció así, como una estatua, una columna invisible entre los troncos gigantes. Luego el sonido volvió a filtrarse por el aire. Esta vez supo lo que era.

Carlos giró y se lanzó hacia un grupo de arbustos que ocultaban unos árboles cercanos. El grito lejano de una niña aún resonaba en sus oídos, sustituido ahora por algo mayor, algo pesado y ruidoso: un ritmo de crujidos y golpes que avanzaba desde el lugar donde el chillido había terminado. Se acuclilló entre las ramas, con los ojos fijos en un pequeño hueco donde las hojas habían caído, dejando una retícula de ramitas lo bastante ancha para mirar, pero lo bastante densa para ocultar su temblorosa mirada. Entonces la figura surgió del bosque, justo al otro lado del foso.

Carlos se quedó paralizado, las manos temblándole mientras la espalda se tensaba bajo oleadas de miedo. Al otro lado del abismo de podredumbre se alzaba el monstruo que rondaba los bosques. La criatura estaba allí, negra como la noche sobre la infinidad de la muerte, el espeso pelaje que cubría su cuerpo erizándose levemente con la brisa que soplaba. Una fina franja plateada recorría uno de los lados de su rostro canino, y sus ojos ardían de un verde fosforescente en medio de la oscuridad. Se mantenía erguida, casi humana en su postura, pero su cara era pesada y lobuna, con un hocico ancho bajo la mirada hundida.

Al final de su brazo cubierto de pelo, colgando inerte de su garra, estaba el cuerpo de la niña que poco antes había sonreído, centro de atención en una cena celebrada en su honor.

Carlos la observó con la respiración rota en jadeos cortos. Los brazos y las piernas le temblaban, y apretó los dientes para que el castañeteo no lo delatara.

Miraba, incapaz de apartar los ojos, mientras el monstruo levantaba a la niña —la misma que había estado tres mesas más allá hacía solo unas horas— y le arrancaba la parte superior del vestido, dejando su pecho al descubierto. Luego, con la misma naturalidad con que alguien mordería una manzana madura, hundió el hocico en su pecho.

El crujido nauseabundo de huesos y carne desgarrada llenó el claro y arrancó lágrimas de los ojos paralizados de Carlos. La bestia tomó otros dos bocados, apartando con un golpe de cabeza los huesos partidos de la caja torácica, y alzó su otra garra para arrancar el pequeño corazón del hueco sangrante. Permaneció inmóvil, observando el órgano palpitante, y con la indiferencia con que se arroja el corazón de una fruta, lanzó el cuerpo de la niña al foso sin apartar la mirada del corazón que goteaba.

Carlos vio cómo la criatura contemplaba el corazón infantil, como si lo estudiara y admirara al mismo tiempo, y cómo lo acercaba lentamente al hocico, arrancando pequeños trozos con delicadeza y masticándolos despacio, saboreando la carne cruda, el gusto de la inocencia y la juventud.

Carlos estaba horrorizado. El matorral a su alrededor parecía desvanecerse mientras el miedo amenazaba con exponerlo. Tiritaba, viendo al ser envuelto en pelaje y dientes devorar la esencia de la niña. La vio tendida en un ángulo antinatural, otro cuerpo más añadido al montón de niños muertos.

Cuando la criatura terminó de devorar el corazón, se detuvo. Su nariz se movió arriba y abajo, y las comisuras de su boca se curvaron en un gruñido. Carlos permaneció inmóvil, el aliento atrapado en los pulmones mientras el monstruo olfateaba el aire. Un ronquido profundo surgió desde el interior de su pecho enorme. Sus ojos se fijaron en los arbustos donde Carlos se escondía, las pupilas contrayéndose mientras su mirada se centraba en su escondite. Lo sabía. Lo había descubierto. Y ahora él sería el siguiente en el foso.

Carlos retiró lentamente el rostro, intentando ocultarse aún más en la espesura, conteniendo el aliento. Y entonces, tan rápido como había aparecido, la criatura giró y se lanzó al bosque, desapareciendo con el mismo estruendo con que había llegado.

Carlos permaneció allí, encogido entre las ramas durante una hora. Las piernas se le entumecieron y las mejillas le ardían donde las lágrimas habían dejado surcos de sal. Cuando por fin reunió el valor para escapar, el sol ya se había hundido tras el horizonte. Se liberó del arbusto y se quedó inmóvil unos segundos antes de girar hacia el sendero y echar a correr tan rápido como pudo, buscando la seguridad del castillo.

Poco después se lanzó dentro del tronco hueco y reptó hasta el otro extremo, emergiendo jadeante en el campo cubierto de hierba.

UN RELATO MACABRO

Cuando Carlos entró en el castillo se dio cuenta de que otra vez estaba cubierto de tierra y de innumerables arañazos producidos al lanzarse tras los pequeños arbustos cubiertos de espinas. Le picaba la piel donde finas líneas rosadas y rojas se entrecruzaban por sus brazos y rostro. Se frotó el antebrazo mientras otro niño pasaba a su lado y lo miraba con desconcierto. Luego entró en la biblioteca.

"Isabella," llamó, avanzando hacia el centro de la sala.

Un segundo después su amiga apareció desde detrás de la columna principal. "Hola, Carlos," comenzó, pero se detuvo al ver las marcas en su cara y los restos de hojas y polvo en su pelo. "¿Y ahora qué te ha pasado? Déjame adivinar: estabas limpiando la fuente otra vez, ¿verdad?" Un leve tono de sarcasmo se deslizó en su voz, y Carlos vio en su mirada lo evidente que debía de ser su aspecto.

"Necesito hablar contigo...," respondió él con voz baja y apagada.

Ella dejó el libro que sostenía en la mano y caminó hacia él.

"No aquí," dijo cuando la tuvo cerca.

Algo en sus ojos provocó en Isabella un aleteo nervioso en el pecho. Había algo mal, muy mal. "Carlos, me estás asustando..."

Bajó la vista un momento antes de alzarla hacia la de ella. "La fuente," dijo, dándose la vuelta para dirigirse de nuevo al exterior, mientras se frotaba el brazo izquierdo.

Ella lo siguió.

Poco después los dos estaban sentados en el borde de la fuente de mármol. El último resplandor del sol se aferraba al horizonte con un tinte violeta mientras Carlos miraba alrededor del jardín y hacia el alféizar del segundo piso, asegurándose de que la diminuta criatura que hacía de espía de Padre no estuviera escuchando su conversación. Sobre ellos, las estrellas ya despertaban de su letargo nocturno.

"He ido al bosque," dijo, con la voz baja, mirándola fijamente a los ojos.

"¡Carlos!" exclamó ella en un susurro. "Sabes que eso está prohibido. Podrías haber muerto."

"Lo sé," respondió, apartando la mirada. "El monstruo es real," añadió, inclinándose hacia ella hasta que su voz fue apenas un murmullo. "Y…"

Isabella lo observó sin parpadear mientras la tristeza ahogaba sus palabras. Sintió como si una brisa fría le rozara la piel aún húmeda por el sudor del trabajo en la biblioteca.

"Es peor… Hay cuerpos," dijo, mirando hacia el bosque y luego de nuevo hacia ella.

"¿De qué estás hablando, Carlos? ¿Qué cuerpos?"

"Cientos. Un pozo enorme. Un agujero en la tierra, lleno de ellos. Todos muertos. El monstruo es real."

Isabella lo miró, pestañeando una sola vez, lentamente, mientras el color se le esfumaba del rostro.

"La chica, Mariana. Está muerta. Vi cómo le arrancaba el corazón y se lo comía." Hizo una pausa, bajando la vista hacia la hierba junto a la fuente. "Nunca llegó al embarcadero…"

"¿Qué…?" Su cara palideció por completo. "¿Y Padre?" preguntó en un hilo de voz, frunciendo el ceño.

"No lo vi," respondió Carlos, con la imagen del monstruo peludo aún grabada en la mente. "Tal vez huyó. Me dijo que tenía algún tipo de trato con la isla. Que sabía cuándo salía la bestia. Quizá los sorprendió."

"Deberíamos ir a su habitación. Ver si está bien," dijo ella, volviendo la mirada hacia el castillo.

"No podemos… Está prohibido entrar en el bosque, y no quiero averiguar cuál sería el castigo por ello. Podrían expulsarme, o algo peor…"

"Mira," dijo ella tras unos segundos, escudriñando de nuevo los alrededores. "¿Estás seguro de lo que viste? ¿No podría ser que… lo imaginaste? ¿Y si fue un mal sueño? A mí me ha pasado, he tenido sueños tan reales como esto. Creo que esta isla tiene algo que ver."

"No fue un sueño," murmuró Carlos, con la voz firme y decidida.

"Vale… vale."

Carlos respiró hondo, soltando el aire con lentitud. "Por favor... tienes que creerme. Lo vi."

Ambos se quedaron mirándose mientras los últimos destellos del sol se desvanecían, el cielo del bosque fundiéndose con la copa de los árboles.

"Necesito verlo."

Carlos alzó la cabeza, el asombro marcándole el rostro. "¿Qué? ¡No!"

"Tengo que hacerlo. Y mañana vas a llevarme, o entraré yo sola en el bosque para buscarlo." Sus palabras fueron firmes, sin temblor. Si algo así existía en la isla, tenía que verlo con sus propios ojos. Lo necesitaba. Desde su llegada había sentido que algo no encajaba. Si había una explicación, debía conocerla. Estaba cansada de vivir en la duda.

"¡No!" replicó él con brusquedad. "No es seguro."

"¿Por qué?" le cortó Isabella. "¿Porque tú eres un chico y yo no?"

"No... no es eso... Solo creo que... que no deberíamos volver allí, eso es todo."

El arrepentimiento lo invadió de inmediato. Sus manos jugueteaban inquietas sobre el regazo y su mirada se perdió entre los árboles.

"Tengo que verlo," insistió ella, su voz aún resuelta. "¿Y si los que dicen marcharse solo sirven de alimento para la criatura del bosque, sacrificios? ¿Y si ninguno llega a irse realmente? ¿Y si lo que Padre dice no es verdad y simplemente nos ofrece al monstruo del bosque? No. Tengo que saberlo." Hizo una pausa. "Te habló de un pacto con la isla. ¿Y si nosotros somos parte de ese pacto? Hay demasiadas preguntas sin respuesta." Volvió la vista hacia el bosque.

Carlos sintió cómo el arrepentimiento crecía dentro de él. Sabía que debería haberse ido a su habitación, bañarse y dormir. Contárselo a Isabella solo había servido para ponerla en peligro, y para cargar con el miedo de perderla. Si ella moría, si la primera persona a la que consideraba una amiga desaparecía… Pero la conocía bien. Si no la acompañaba, ella iría sola. Había cometido un error.

"Iremos mañana al amanecer." Extendió las manos y las posó sobre las suyas. "Pero si oímos algo, damos media vuelta y corremos de regreso. Yo la distraeré, y tú corres. No puedo dejar que te pase nada."

Isabella asintió, mirando de nuevo hacia los árboles antes de volver a encontrar su mirada. Le apretó suavemente las manos. El muchacho que ahora tenía delante había cambiado. Ya no era la figura débil y encorvada que vagaba sola por los pasillos. Había encontrado valor, una determinación sólida. Había algo casi atrayente en ello que la hizo sonreír levemente. "Nada nos pasará mientras estemos juntos."

Carlos asintió, aunque en sus palabras no encontró consuelo. Después de lo que había visto, nada en aquella isla ofrecía garantía alguna.

Ella miró más allá de él, hacia el castillo, buscando la pequeña criatura alada. "Cuéntame lo que viste, Carlos. Desde el principio."

Carlos relató con detalle lo que había presenciado: la figura monstruosa de aspecto canino, la indiferencia con la que arrojó el cuerpo de la niña después de devorar solo su corazón. Le habló de los ojos llameantes, de la sensación de que el monstruo había percibido su presencia. Le contó cómo descubrió el foso por primera vez y le advirtió del hedor.

Cuando terminó su relato, el sol había desaparecido por completo y la oscuridad cubría el jardín.

Carlos miró con inquietud hacia los árboles y se levantó, con la imagen de dos esmeraldas brillando en su memoria. "Deberíamos irnos," dijo. "Llegaremos tarde a la cena y aún tengo que limpiarme."

Isabella asintió y se levantó para seguirlo.

Por mucho que él lo deseara, el monstruo que habitaba ahora los rincones más oscuros de su mente no era una ilusión ni un sueño febril. Era real, era grande, y tenía hambre.

Cenaron poco después y se dirigieron a sus habitaciones. Carlos corrió las cortinas y bloqueó el mundo exterior antes de refugiarse en su cama. Cuando empezaba a quedarse dormido, escuchó lo que sonaba como el aullido lejano de un lobo que se filtraba entre los árboles, y se cubrió la cabeza con las mantas.

SUEÑOS DEVORADOS

A la mañana siguiente, la habitación zumbaba a su alrededor mientras la pareja comía en silencio, las conversaciones flotando entre ellos sin encontrar interés alguno. Ambos comían con la cabeza baja, alzando la vista solo de vez en cuando para intercambiar una mirada muda que no necesitaba palabras. Cuando terminaron, se levantaron y salieron al exterior. Los dos sabían lo que debían hacer, y el miedo a ello se enredaba entre los dos como un hilo de nudos retorcidos. Poco después, Carlos le mostró la entrada al bosque y se deslizaron dentro, mirando atrás mientras cada uno se adentraba. Siguieron el sendero en silencio hasta llegar al borde del foso. Una hora después, cuando se acercaban, Isabella aminoró el paso, alzando una mano hacia su boca al tiempo que daba otro paso adelante.

Carlos se quedó atrás, justo fuera del alcance de la visión que aguardaba abajo, mientras su amiga se aproximaba, cubriéndose la nariz y la boca con ambas manos. Permaneció en su sitio, observándola mientras ella miraba hacia el abismo violento lleno de profanación y miedo, y escuchó cómo soltaba un pequeño jadeo.

Isabella se quedó quieta, con la tristeza, el terror y la rabia creciendo dentro de ella mientras las lágrimas rodaban lentamente por sus mejillas suaves. La verdad brutal de su situación la atravesó sin piedad. Todo ese tiempo había creído que, cuando los niños se hacían mayores, eran enviados de regreso a los mundos de los que habían llegado. Siempre había sentido que algo era extraño, pero esto... lo que tenía ante los ojos... iba mucho más allá.

Ahora, mientras miraba el cuerpo hinchado y grisáceo de la joven Mariana, y junto a ella el de otro niño que había sido "liberado" unos meses antes, la golpeó la realidad de lo que realmente ocurría cuando un niño decidía marcharse. Terminaban en ese foso, con el pecho abierto y el corazón arrancado, un pequeño banquete para la bestia que acechaba los bosques a su alrededor.

Carlos se acercó y le puso una mano en el hombro. Ella se estremeció, y su mirada, llena de horror, se clavó en la de él. Carlos asintió despacio. Sabía exactamente lo que ella sentía. Días atrás, él mismo había estado allí, sintiendo lo mismo. Sabía que ni las palabras más dulces podrían aliviar la realidad que tenían delante.

"Deberíamos irnos," susurró, apretándole ligeramente el hombro.

Ella asintió apenas, un gesto casi imperceptible.

Chasquido.

Carlos e Isabella giraron bruscamente la cabeza, aferrándose el uno al otro mientras el sonido de una rama partiéndose bajo un pie desgarraba el silencio y desviaba su atención hacia el sendero por el que habían llegado. Permanecieron inmóviles, abrazados, con los ojos abiertos de miedo mientras lo que veían delante cobraba sentido.

A poca distancia de ellos se alzaba un chico, mayor que Carlos por al menos diez años. Era alto, de complexión delgada, y vestía ropa que evidentemente no había sido cambiada en mucho tiempo. Su rostro era enjuto, sombreado por una corta barba, y el cabello le caía en rizos desordenados sobre los hombros. Sus ojos, de un azul apagado, se clavaban en ellos, y entre ambos sostenía un arco con la cuerda tensada, una flecha apoyada en un solo dedo curvado.

El joven los observó, estudiando sus formas encogidas, con la mirada oscilando entre uno y otro. Luego habló.

"No es seguro aquí," susurró lo bastante alto para que lo oyeran, mientras sus ojos se movían con cautela entre los árboles. "Seguidme."

UN SUPERVIVIENTE

Arias llevaba siete años cazando en el bosque, siete años olvidados desde que había escapado del castillo. El tiempo había pasado en silencio, borrando los días como si nunca hubieran existido. Aquella jornada no era distinta de las demás que se arrastraban perezosas: salir de su refugio, buscar bayas y frutos secos, recorrer el bosque con el arco en la mano con la esperanza de atrapar una ardilla o un conejo salvaje para alimentarse. Cuando vivía entre los otros, la comida era abundante; todos sus problemas se disolvían en días ociosos y sueños infantiles. Pero luego había crecido, y empezó a hacer las preguntas equivocadas. Eso lo había llevado a caminar junto a Padre por el bosque, a su huida por un hilo de suerte, y finalmente a su refugio solitario, prisionero de la isla y de su vegetación desbordante.

Aquel día estaba cumpliendo su rutina habitual cuando un aroma flotó hasta su nariz: floral, ligero, dulce, tentador. Luego escuchó los pasos. Arias se agachó tras un pequeño matorral y esperó. Momentos después, una pareja de niños pasó cerca. ¡Demasiado ruido!, gritó para sí mismo en silencio. Y tu perfume atraerá a la bestia. La estás invitando hacia nosotros.

Los observó pasar y escuchó su conversación, en susurros, lo cual era bueno... aunque si él podía oírlos, entonces...

Vio cómo seguían el sendero que él mismo había abierto tiempo atrás, en los días en que merodeaba cerca del castillo tras escapar. Sabía adónde conducía aquel camino, y solo deseó que el grito que sin duda seguiría no atrajera a la bestia hacia ellos. Nunca la había visto a plena luz del día, y eso era precisamente lo que lo mantenía con vida: no correr riesgos innecesarios.

La pareja llegó al foso, y él los observó desde cierta distancia, notando enseguida que el muchacho mostraba a la joven algo que había descubierto anteriormente. Entonces lo reconoció. El chico que estaba junto a ella era el mismo al que había visto escondido entre los arbustos días antes. Casi había muerto, su olor captado por la criatura, cuando Arias había desperdiciado una flecha lanzándola al bosque para distraer al monstruo el tiempo suficiente para que el niño pudiera huir.

Permaneció observando, dándose cuenta de que aquella podía ser su oportunidad de ganar aliados en el castillo: un modo de conseguir comida, o incluso algo más valioso, una vía de escape. La idea lo golpeó con fuerza. Los contempló en silencio mientras el chico consolaba a la niña temblorosa. Luego se irguió y avanzó hacia ellos, impulsado por la necesidad de hablar, de ser visto, tensando la cuerda del arco por precaución. Ningún riesgo innecesario. Con toda intención, apoyó el pie sobre un pequeño montón de ramas secas.

¡Crac!

Carlos miró a Isabella con nerviosismo, un sentimiento extraño creciendo dentro de él, gritándole que la había puesto en peligro y al mismo tiempo susurrándole que ahora debía protegerla. No tenían idea de quién era aquel muchacho ni de dónde había salido. Lo único que compartían, sin necesidad de decirlo, era la certeza de que si hubiera querido hacerles daño, ya habría disparado antes de mostrarse.

Ella asintió, y ambos se giraron, siguiéndolo en silencio mientras el joven apartaba una rama caída y los conducía hacia un sendero apenas visible que se adentraba en otra dirección. Durante los veinte minutos siguientes caminaron sin hablar; el chico no miró atrás ni una sola vez mientras avanzaban rápidamente entre la maleza y el tapiz de plantas nuevas que trataban de cubrir el estrecho camino. Ambos notaron que solo sus propios pasos hacían ruido. El joven se movía en silencio absoluto.

El bosque estaba vacío, salvo por los trinos lejanos y el leve crujir bajo los pies. El tiempo se desvanecía entre los árboles. Los llevaba a algún lugar, y con cada paso Carlos sentía la aprensión hacerse más densa. Estaba a punto de hablar, empujado por la curiosidad y el miedo al destino que los aguardaba, cuando el joven se detuvo. Los miró con cautela durante un instante y luego apartó un gran arbusto, revelando un túnel que se abría bajo un enorme árbol caído.

"Por aquí," dijo, tras una rápida mirada a su alrededor antes de adentrarse en la oscuridad.

Carlos tragó saliva, miró a Isabella durante un breve instante y luego lo siguió.

El túnel era estrecho, lo justo para caminar erguidos. Olía a tierra húmeda y musgo, y resultó ser más corto de lo que esperaba. A poca distancia, el pasadizo se abría a una habitación igualmente pequeña excavada bajo el gran árbol. La luz provenía de un único punto, un agujero en el techo que dejaba caer un haz sobre el interior. En una esquina había un montón de telas que el muchacho usaba como cama, y junto a él una mesa tosca, repleta de hierbas y plantas, con un arco improvisado apoyado al lado y un pequeño montón de flechas artesanales en la base.

Frente a la mesa descansaba una cesta llena de frutas frescas. Carlos reconoció de inmediato varios platos y vasos que pertenecían al castillo.

Miró a su alrededor lentamente antes de fijar la vista en el joven, que había dejado el arco y sacaba dos tocones de árbol de debajo de una tabla que servía como estante. Les hizo un gesto. "No suelo tener visitas," dijo el muchacho, frunciendo el rostro sucio al hablar. "Por favor," añadió, señalando los asientos improvisados.

Carlos e Isabella se sentaron en los troncos, cruzando una mirada breve.

"¿Quién eres?" preguntó Isabella, notando en él un acento familiar. "¿Este es tu hogar?"

El chico la miró en silencio un momento antes de soltar una breve risa sin alegría. "¿Hogar?" bufó, negando con la cabeza. "No," respondió, fijando sus ojos en los de ella. "Aquí es donde me escondo."

Siguió un silencio pesado, casi físico, que llenó el espacio. Carlos notó la tensión crecer con cada latido de su corazón, hasta que, incapaz de soportarlo más, habló.

"¿Cuánto tiempo llevas aquí fuera?" preguntó, aún sorprendido de ver a alguien mayor que cualquiera en la mansión.

"No lo sé," respondió el chico. "Dejé de contar hace mucho." Su mirada se desvió hacia una pared donde había marcas de conteo que descendían desde la altura de los ojos hasta casi el suelo. "Tenía once años cuando llegué a esta isla. Parece que haya pasado una vida…"

Carlos observó cómo Isabella se levantaba y comenzaba a recorrer la habitación, examinando los objetos desperdigados. El muchacho se movió inquieto, pero no dijo nada. Mientras ellos hablaban, la mirada de Isabella se posó sobre algo que reconoció al instante: un libro encuadernado en cuero sobre la mesa. Se acercó lentamente, extendiendo la mano para abrir la tapa. Palabras familiares, escritas en español con una caligrafía perfecta, fluían en bucles elegantes por las páginas.

Me llamo Santiago Davilla, y este es mi relato. Corría

el año de nuestro Señor de 1602, cuando el barco en el que viajaba zarpó rumbo a Solent. Era un niño, no mayor de doce años, y trabajaba limpiando en el camarote. Tras una derrota atroz, nuestro capitán decidió regresar a España, huyendo de la muerte a manos de los holandeses, solo para que el mar destruyera los restos de nuestra flota frente a la costa de Escocia. Fue allí donde nuestro navío, la tripulación y los tesoros que habíamos obtenido, se hundieron en el fondo del mar, y yo desperté en la orilla de esta extraña isla.

El chico se detuvo cuando vio cómo el rostro de Carlos pasaba del miedo al desconcierto, con los ojos fijos en su amiga.

"¿Qué es esto?" preguntó ella, alzando la vista del libro ante el silencio repentino.

"El diario," respondió el joven. "De Padre."

"¿De dónde lo has sacado?"

El muchacho la miró con nerviosismo un instante antes de que su expresión se apagara en un recuerdo distante. "Lo robamos..."

"¿Lo robamos? ¿Quiénes?"

Una sombra de tristeza cruzó su rostro. "Martín y yo."

Carlos miró instintivamente hacia la entrada antes de volver la vista al joven. "¿Qué sabes de esta isla?"

El chico se tensó de repente, la inquietud adueñándose de él. "Llévate el libro," dijo. "Te lo explicará todo."

Isabella no se movió, la curiosidad aún ardiendo en su interior.

"¿Quién es Martín? ¿Quién eres tú, y cómo robaste esto de Padre?" Su voz sonó firme, la impaciencia asomando entre sus palabras.

El joven la observó, sus emociones ocultas tras una máscara de confusión vacía. Ella vio cómo su mente se perdía entre recuerdos: rostros, voces, fragmentos de un pasado revuelto, pero él guardó silencio, las imágenes encerradas dentro. "Me llamo Arias. Escapé." Hizo una pausa mientras Isabella se acercaba a Carlos, el libro aún en las manos. Un destello de miedo cruzó sus ojos cuando los fijó en el volumen y luego en ellos. "Llévalo. Léelo. Cuando sepáis la verdad, volved aquí. Hablaremos." Sus ojos se movieron inquietos hacia la entrada del túnel. "Ahora marchaos. No es seguro."

"Ven con nosotros," dijo Carlos.

No comprendía por qué el chico había elegido vivir en el bosque, soportando a la bestia, el hambre y la intemperie, cuando el castillo estaba a menos de una hora de camino.

"¡No!" La palabra salió cortante, rompiendo el aire del pequeño refugio. Tras gritar, el muchacho se encogió, su mirada clavada en la salida. El miedo cruzó sus facciones y contuvo la respiración un segundo. "Por favor... idos."

Isabella percibió el pánico en él, como un zorro atrapado en una trampa. Extendió la mano y sujetó el brazo de Carlos antes de que pudiera formular otra pregunta. "Deberíamos irnos," dijo sin apartar los ojos del joven.

Carlos asintió. "Volveremos," prometió, sintiendo una punzada de lástima. "Te traeremos comida y mantas."

"Vámonos," repitió Isabella, tirando suavemente de su brazo.

El muchacho permaneció callado, su mirada alternando entre ambos mientras los veía marcharse hacia la superficie. Cuando se quedaron solos, se acercó a la entrada del túnel y olfateó el aire con varias respiraciones cortas antes de volver a colocar el arbusto que la ocultaba y descender otra vez.

Se sentó, los ojos fijos en el espacio vacío del escritorio donde había estado el libro. Una extraña mezcla de pérdida y consuelo lo recorrió. Su mente bullía de preguntas, pero algo más se había despertado en él: la sensación olvidada de una necesidad humana, la compañía. Esperaba que volvieran. Estaba cansado de ver crecer el foso.

"¿Quién es ese?" preguntó Carlos un rato después, mientras avanzaban en silencio entre los árboles. Sabía que ella no tenía respuesta, pero la pregunta lo quemaba por dentro.

"Quienquiera que sea," respondió Isabella, mirando hacia atrás. "Lleva mucho tiempo ahí fuera. ¿Has visto su ropa?"

"Y la forma en que nos miraba… como si no hubiera visto a nadie en años."

"Sea lo que sea que contengan estas páginas, lo tiene aterrorizado," dijo ella, apretando suavemente el libro entre los dedos.

"No," murmuró Carlos, apenas por encima de un suspiro. "Lo que lo tiene aterrorizado es lo que hay en estos bosques."

Caminaron hasta el tronco que conducía de nuevo a los terrenos del castillo. Carlos se arrastró primero, deteniéndose antes de salir para asegurarse de que no los observaban. Cuando comprobó que todo estaba despejado, salió al césped y vigiló mientras Isabella lo seguía. Luego iniciaron el regreso.

Entraron al castillo, avanzando instintivamente hacia sus habitaciones. Caminaron en silencio hasta llegar a la de Carlos, donde se detuvieron. Él iba a hablar, pero Isabella le lanzó una mirada que cortó sus palabras.

"Tengo algo que leer," dijo. "Nos vemos en la cena."

Carlos asintió, observándola mientras se alejaba. Admiraba su fuerza. Le gustaba que fuera hermosa, delicada en apariencia, pero con una dureza nacida del tiempo y de las heridas. No era como las otras chicas. Se sentía seguro a su lado, y al cerrar la puerta de su habitación, solo deseó que ella sintiera lo mismo.

EL DIARIO

Isabella cerró la puerta de su habitación y se dirigió al escritorio. Escuchó durante un momento, asegurándose de que nadie se acercaba, antes de sacar el libro que llevaba oculto en el vestido y colocarlo sobre la mesa. Abrió la tapa y dejó que su mirada se posara en la escritura desvaída.

Me llamo Santiago Davilla, y este es mi relato. Corría el año de nuestro Señor de 1602, cuando el barco al que había sido asignado zarpó rumbo a Solent. Era un muchacho, no mayor de doce años, trabajando como limpiador en el camarote y sirviente del capitán. Tras una derrota feroz, el capitán buscó regresar a España, huyendo de la muerte a manos de los holandeses, solo para que nuestro barco, y los demás que nos seguían, fueran destruidos por tormentas frente a la costa de Escocia. Fue allí donde nuestro navío, el resto de la tripulación y los tesoros que habían obtenido, se hundieron hasta el fondo del mar, y yo desperté en la orilla de esta extraña isla. Aquello fue hace ciento sesenta años.

No ha sido hasta ahora que me he sentido obligado a dejar constancia de mi historia. Sin embargo, si llega el día en que por fin me sea concedida la libertad de la muerte, mi único deseo es que aquel que me sustituya reciba el aviso que yo jamás tuve: lo que este puesto significa, y lo que implica. Esta isla no ofrece vida eterna, sino muerte interminable.

Al llegar, avancé hacia el interior. Quedé asombrado por la belleza del lugar: el verde exuberante, el canto de los pájaros en el bosque, la abundancia infinita de caza. Era, sin duda, la isla más hermosa en la que jamás había puesto un pie. Poco después encontré el castillo, aquel que ahora habito: una enorme casona de proporciones imponentes, en un estado de conservación impecable, como si esperara ser descubierta. Aún recuerdo la admiración que sentí al contemplar aquella fortaleza fuera de lugar, erguida sola y abandonada. El palacio estaba vacío; no parecía haber sido tocado por la vida en incontables años. Vagabundeé por los pasillos durante días, explorando cada rincón, admirando las pinturas que, de algún modo, seguían colgadas intactas. Pasaron semanas antes de que llegara al cuarto piso, a la habitación custodiada por lobos. Si pudiera volver a mi juventud, me suplicaría a mí mismo no abrir esa puerta, sellarla tras un muro para toda la eternidad. Pero aquí estoy, y aquel tiempo quedó atrás.

Fue en esa habitación donde conocí a la criatura como ninguna que hubiera visto en mis años de mar y exploración. Era casi humana en su diminuta forma alada y escamosa. Fue allí donde conocí al demonio que habita esta tierra: el que vigila la isla.

Esta criatura está muy lejos de la Arjana de las viejas

leyendas: amable, pura, llena de música y maravilla. No...
pronto descubriría que este ser, este demonio, era la
maldad hecha carne. Temo no haberlo comprendido
antes de aceptar una oferta que ningún mortal podría
rechazar: un pacto, uno que con el tiempo llegaría a
lamentar, pronunciado en una lengua que no podía
entender, más dirigida a la mente que al oído. Un trato
que me dejaría encadenado a esta isla, sirviente del
pequeño monstruo. A cambio de la promesa de una vida
sin fin, solo debía habitar el castillo y proveer de
alimento a la criatura —alimento que ella misma
cosecharía—. Debía mantener la mansión y cuidar del
ganado, como lo llamó. Si hubiera sabido entonces cuál
era esa fuente de alimento, qué era ese ganado, habría
regresado al mar y me habría unido con gusto a mi
tripulación en el fondo del océano.

Cuando llegó el primer niño, lo acogí como propio,
convencido de que era un náufrago, igual que yo lo había
sido meses atrás. Con los años, fueron llegando otros,
todos niños aún. La criatura empezó a inquietarse cada
vez más, mientras una voz —no, una presencia— crecía
dentro de mi mente. Podía oírla, baja y furiosa,
hablándome desde los bordes del pensamiento,
incitándome a matar, a acabar con la vida del muchacho
y alimentarme de él, dejando que su sangre empapara la
tierra para nutrir la isla. Entonces, un día, poco después
de que apareciera el quinto niño, la criatura vino a mí en

mi habitación y susurró de nuevo en aquella lengua que perfora la mente, la que temo solo yo estoy maldito en escuchar. Debía matar a los niños para que ella pudiera alimentarse de sus huesos. Me negué. Fue entonces cuando la verdadera naturaleza de mi trato se reveló, y comenzó mi hambre.

La comida interminable de la isla ya no me alimentaba. Las carnes y los vegetales que comía solo me enfermaban; mi cuerpo los rechazaba incluso antes del primer bocado. El hambre crecía y crecía, hasta que creí que me consumiría, la voz en el fondo de mi cabeza rugiendo con fuerza. Una semana después llevé al niño —Armando, aún recuerdo su nombre— al bosque para cazar, como habíamos hecho en años anteriores. Pero aquel día cambié. Mi cuerpo se retorció, creciendo dolorosamente mientras un pelo grueso y negro brotaba bajo mi piel. Me convertí en una bestia, el monstruo que habitaba en lo más oscuro de mi mente emergiendo al exterior, tomando el control y dejándome dentro, impotente, mientras acechaba y mataba.

Mi voluntad se perdió ante el hambre ciega, y cacé al niño que había criado y amado. Lo cacé sabiendo lo que hacía, observando con horror desde los ojos que ya no eran míos. Vi, sin poder detenerlo, cómo el monstruo lo mataba. Le quité la vida, y la bestia en la que me había convertido devoró su corazón. Por primera vez en meses, mi hambre se calmó. Fue entonces, en el bosque, con la sangre de aquel niño aún fresca en mi mentón, mientras veía al pequeño demonio alimentarse de los huesos expuestos, cuando lo comprendí. Para siempre, esta isla sería mi prisión.

Isabella dejó el libro sobre la mesa, las manos temblándole. Lentamente, extendió los dedos y cerró la tapa. Se sentía mareada, la habitación girando a su alrededor mientras las palabras resonaban una y otra vez en su mente.

Padre era la bestia.

Él era quien llenaba el foso, y la diminuta criatura que todos creían su mascota no podía ser más lo contrario. Padre, en realidad, era la mascota.

Se puso en pie despacio, envolvió el libro en un pañuelo y salió al pasillo hacia la habitación de Carlos. Alzó la mano, deteniéndose un instante para intentar calmarse antes de llamar a la puerta.

"Tenemos que volver. Tenemos que hablar con él."

Carlos se encontraba justo tras la puerta, mirando a su amiga, cuyo rostro se había vuelto pálido y tenso. Supo enseguida que algo iba terriblemente mal; que lo que ella había leído era aún peor que todo lo que él ya temía. No había discusión posible ante la mirada que le devolvía, helada y firme, así que, con un movimiento lento y resignado, asintió y susurró un "vale".

Salió y cerró la puerta tras de sí. Era tarde, y la mayoría de los niños ya estaban en sus habitaciones. Ir al bosque a esa hora era buscar problemas. Sabía que era peligroso, pero empezaba a comprender que todo en la isla lo era. Al menos esto, podían controlarlo un poco.

"¿Qué decía el libro?" preguntó mientras cruzaban el vestíbulo.

Ella se detuvo, girándose hacia él, su respuesta un silencio cargado de un miedo incomprensible. Luego negó lentamente con la cabeza y continuó avanzando hacia el exterior.

EL REGRESO AL BOSQUE

Mientras regresaban por el bosque, ella le explicó todo lo que había leído, desde la llegada de Padre hasta el pacto con la criatura y el asesinato de los niños. Carlos quedó atónito. Se sentía vacío y asustado, aunque una leve compasión por Padre se abría paso entre sus pensamientos. Él también era prisionero de la isla, igual que los demás. Sin embargo, aquella empatía hacía poco por aliviar la situación ni por suavizar la imagen del foso lleno de podredumbre.

Llegaron hasta la guarida del muchacho y apartaron con cuidado las ramas. Isabella susurró hacia abajo mientras Carlos vigilaba a su alrededor.

"Arias", llamó en voz baja. "¿Estás ahí?"

El silencio fue su única respuesta.

"Creo que está fuera", dijo, mirando a Carlos, que aguardaba detrás con nerviosismo.

"Hacéis demasiado ruido."

Isabella giró bruscamente la cabeza hacia el túnel y vio al muchacho al fondo, con el rostro tenso. "No deberíais haber venido. Este bosque no es seguro de noche. Nunca."

Tocó el brazo de Carlos y comenzó a descender. Él recolocó la maleza y la siguió. Al llegar al fondo, Isabella sostuvo el libro hacia él y preguntó:

"¿Cómo conseguiste esto?"

Arias respiró hondo, con la mirada fija en el libro

extendido, retrocediendo como si Isabella intentara entregarle una reliquia maldita. No pensaba volver a tocarlo; y, si ella lo dejaba allí, lo enterraría en el agujero más profundo que pudiera cavar.

Tragó saliva, la miró un instante y luego bajó la vista de nuevo hacia el libro.

Al darse cuenta de que no iba a cogerlo, Isabella dejó caer los brazos y lo puso en su regazo al sentarse en el pequeño tronco donde había estado antes.

"Supe que algo iba mal poco después de llegar. Desconfiaba de Padre y de la pequeña criatura que siempre le acompañaba. Desde el primer día tuve la sensación de que algo no encajaba, como la mayoría de los que llegamos aquí. Pero a diferencia de los otros, ese sentimiento nunca desapareció. Un día, mi mejor amigo Martín y yo ideamos un plan. Provocaríamos una pelea entre dos de los otros niños para distraer a Padre y a la criatura, y así poder colarnos en su habitación y averiguar lo que pudiésemos. Funcionó. Los muchachos pelearon, Padre y la criatura fueron al jardín trasero, junto a la fuente, y yo me escabullí en su cuarto. Mientras Martín vigilaba, yo busqué."

Su mirada descendió al libro sobre el regazo de Isabella.

"Lo encontré en un pequeño cajón junto a la cama", continuó. "Lo llevamos a mi habitación y lo leímos." Se detuvo. Los recuerdos de aquel día, el rostro de su amigo cuando comprendieron su situación, pasaron ante sus ojos. "Entonces supimos que teníamos que escapar. Era nuestro momento. No comprendimos… no sabíamos. Nadie abandona esta isla. Nadie."

Guardó silencio.

"Fuimos a ver a Padre y le dijimos que queríamos marcharnos. Dijo que lamentaba nuestra partida, pero que prepararía nuestro viaje a América. Hubo una celebración. Bailamos, cantamos… Nos despedimos. Esa misma noche, Padre nos llevó al bosque. Dijo que era la única forma segura de viajar. Ya había hecho correr la historia de la bestia mucho antes."

El muchacho miró hacia la entrada del túnel, con la oreja atenta a un sonido demasiado leve para Carlos e Isabella. Luego prosiguió.

"Padre nos aseguró que nos llevaba al embarcadero, que un barco nos esperaría. Pero nosotros sabíamos la verdad, y en nuestra ingenuidad creímos estar preparados. Llevábamos cuchillos escondidos, robados de la cocina. Íbamos a esperar a que Padre se transformara y matarlo. Pero cuando nos dimos cuenta, él ya no estaba con nosotros."

Respiró profundamente y soltó el aire despacio. "Entonces oímos el aullido. Era grande, profundo, un sonido que he llegado a conocer muy bien. Corrimos hacia el único sitio que creíamos seguro: el castillo. En cuestión de minutos nos encontró. Pero no era el Padre que nos había conducido allí... era el del libro. Intentamos correr, pero la bestia era más rápida de lo imaginable. Nos acorraló. Recuerdo que saqué el cuchillo y lo corté desde la mandíbula hasta el pecho cuando se me echó encima. Sabía que iba a matarme, pero Martín le lanzó una piedra a la cabeza. Bastó para distraerlo."

Una lágrima amenazó con formarse. "Esa bestia... Padre..." Inhaló bruscamente, el aire saliendo pesado de sus pulmones. "Martín se sacrificó para que yo escapara."

Carlos e Isabella intercambiaron una larga mirada. La mano de ella se deslizó hasta tomar la suya.

"Corrí cuanto pude. Luego caí en el foso. Intenté salir, trepando entre los cuerpos. Pero lo oí acercarse. Hice lo único que pude: arrastré dos cadáveres sobre mí y me quedé inmóvil, cubierto de muerte antigua, mientras el monstruo arrancaba el corazón del pecho de Martín y se lo comía. Arrojó a mi mejor amigo al foso como un trapo usado. Y hasta que cayó la noche, me quedé mirando sus ojos..."

Levantó la cabeza, la lágrima suspendida. "Poco después encontré esta guarida abandonada. Se convirtió en mi hogar. Como podéis ver por las pocas cosas que tengo, he vuelto al castillo algunas veces. Un plato olvidado en los jardines, una taza cerca de la valla... Pero no puedo regresar. No ahora. No después de saber lo que realmente es."

Carlos permaneció inmóvil.

"He oído y visto morir a muchos desde entonces", dijo Arias. "Siempre ocurre igual. Un niño desea marcharse, hay una celebración, y Padre lo conduce al bosque con la promesa de enviarlo lejos. Nadie sabe. Nadie lo descubre. Nadie regresa."

"¿Qué se supone que debemos hacer entonces?" preguntó Isabella, la irritación colándose en sus palabras. "No podemos escapar. No podemos contárselo a nadie, porque Padre nos matará y dirá que nos fuimos sin despedirnos. Y tampoco hay forma de salir de la isla, porque el único que podría ayudarnos es quien lo impide."

"Ahí está el problema. Pero puede que haya un modo", dijo el muchacho, mirándola fijamente. "Un año antes de que escapara, llegó otro niño. No recuerdo todos los detalles, pero un día se enfadó y atacó a Padre en medio de la cena. Hubo caos, pero el chico logró cortarle la cara con un cuchillo, desde la oreja hasta la barbilla. Recuerdo los gritos, la sangre... Lo sujetaron y se lo llevaron. Cuatro días después, Padre volvió sin una sola marca en el rostro. Nunca se habló del asunto. Pero cuando yo lo herí siendo la bestia, la cicatriz permaneció. La he visto cada vez que lo observo acechar entre los árboles. Si tengo razón, entonces es posible matarlo, pero solo aquí, en el bosque, y mientras sea el monstruo."

"Esto no puede ser real..." susurró Carlos.

"Pero lo es", respondió Arias al instante, una claridad extraña brillando en sus ojos. "Dime, ¿han cambiado las estaciones desde que llegasteis? ¿Falta comida alguna vez? Si no nos dejan entrar en el bosque, ¿de dónde viene la carne? ¿Cómo es que nadie ha encontrado jamás esta isla, salvo los niños? Es real. Tan real como tú, o ella. Y Padre es un monstruo que debe ser destruido. Si no lo hacemos, nadie escapará, y los que lleguen después seguirán muriendo. Tiene que ser destruido."

Carlos lo miró. El muchacho, que antes parecía salvaje y temeroso, ahora tenía una mirada lúcida, de una edad mucho mayor. Sabía que tenía razón. Lo había sentido desde el principio, pero escucharlo en voz alta lo hacía innegable.

"Si lo atacamos dentro del castillo, no podrá morir. Pero aquí fuera, en el bosque, ha mostrado su debilidad. Aquí puede ser matado. Estoy seguro."

"¿Nosotros?" preguntó Isabella, dándose cuenta de que los había incluido en su plan.

"Solo hay una forma de salir de aquí", dijo él. "No puedo hacerlo solo. Si pudiera, ya lo habría hecho. Todo lo que puedo hacer es esconderme y sobrevivir. Pero vosotros... vosotros podéis atraerlo, traerlo hasta aquí y mantenerlo ocupado el tiempo suficiente para que yo lo mate. Solo necesito una distracción."

Isabella lo miró horrorizada. "No solo es imposible atraerlo hasta aquí, sino que moriríamos intentándolo."

"Es la única manera", respondió él, sin parpadear. "Hasta que muera, esta isla seguirá siendo una prisión. Y todos los niños que lleguen aquí, morirán."

"¿Cómo?" preguntó Carlos. "¿Cómo lo atraeremos y cómo piensas matarlo?"

Arias tomó el arco del escritorio, tensando la cuerda. "Con esto."

El silencio volvió a llenar la pequeña estancia. Carlos tenía la mente nublada, llena de imágenes de ojos verdes y colmillos. Isabella, en cambio, permaneció quieta, mientras el miedo crecía dentro de ella.

"Uno de nosotros tiene que decirle que está listo para irse..."

Carlos la miró. No podía creer lo que sugería, ni que estuviera dispuesta a considerarlo. Pero su silencio lo confirmó todo. Arias tenía razón.

"Se lo diremos, y Arias nos esperará", dijo Isabella. "Sabemos dónde se alimenta, dónde arroja los cuerpos. Solo tenemos que esperar a que Padre desaparezca y te avisaremos. Tú lo matas con el arco y seremos libres."

El muchacho asintió despacio. "Sabéis que no será tan fácil."

"Es la única manera de atraerlo al bosque, y si lo que dices es cierto, la única forma de obligarlo a convertirse en lo que realmente es."

"Eso lo es siempre", replicó el joven. "Lo único que debemos hacer es sacarlo a la luz."

"Lo haré yo", dijo Carlos rápidamente. "Le diré que quiero marcharme."

"Carlos..."

"Tiene que ser yo", insistió, volviendo la vista hacia ella y tomando su mano. "No puedo arriesgarme a que te mate. Eres mi única amiga. No puedo perderte."

El rostro de Isabella se suavizó.

"Estaré preparado", dijo Arias, mirándolos a ambos. "Ahora es tarde, y el bosque no es seguro de noche. Vámonos."

"¿Vámonos?"

"Os acompañaré hasta el castillo. Llevo viviendo aquí demasiado tiempo. Este bosque es tan mío como suyo."

Carlos se levantó, e Isabella lo imitó.

"Por cierto", dijo Arias mientras subían por el túnel. "¿Cómo os llamáis?"

"Isabella. Y este es Carlos."

El muchacho asintió, observando cómo se alejaban.

Mientras caminaban hacia la mansión, ninguno habló. Sus mentes bullían con lo que acababan de descubrir. Isabella trató de recordar los rostros de los niños que había visto marcharse, aquellos que había creído que regresaban a casa o partían hacia algún lugar lejano. Anduvieron en silencio hasta llegar al tronco y se detuvieron. Carlos e Isabella se giraron hacia Arias.

"Cuando estéis listos, buscadme", dijo él, mirando más allá de ellos, hacia el castillo. Ambos asintieron antes de girarse y arrastrarse bajo el tronco, asegurándose de que la pequeña criatura que vigilaba la isla no revoloteaba cerca. Luego se dirigieron hacia la mansión.

Sobre ellos, la luna brillaba con intensidad.

"Deberíamos hablar después del desayuno", dijo Isabella mientras subían los escalones del castillo. "Espérame junto a la fuente."

"De acuerdo", respondió Carlos, su voz ronca.

La vio alejarse, apresurando el paso hacia su habitación. Sabía que estaba conteniendo las lágrimas, y supuso que su almohada acabaría empapada aquella noche. Aún intentaba ordenar las palabras que había oído. Había sentido algo desde que Padre se le había acercado aquella primera noche, cuando la pequeña criatura lo observaba desde las sombras.

Entró en su cuarto y cerró la puerta tras él. Se acercó a la ventana, miró un instante hacia el bosque y corrió las cortinas antes de desvestirse y meterse en la cama. Pasaron horas antes de que el sueño lo alcanzara.

En la distancia, un búho solitario ululó, y una figura oscura se deslizó entre los árboles.

EL PLAN

Carlos yacía despierto, mirando las oscuras vetas de madera del techo. Llevaba un buen rato sin poder dormir, una mezcla de excitación nerviosa, aprensión y un miedo opresivo lo había mantenido despierto más de una hora. Esperó hasta que el murmullo de las voces somnolientas y los pasos suaves llenaron el pasillo antes de levantarse y dirigirse hacia la puerta. Se detuvo con la mano sobre el pomo de bronce frío, respiró hondo y giró lentamente.

Sus pasos eran deliberados y silenciosos mientras se encaminaba hacia el comedor. Las conversaciones a su alrededor le llegaban como un murmullo lejano, mientras las palabras de Arias resonaban sin fin en su mente: *Nadie escapa de la isla*. Sentía su corazón latir con fuerza dentro del pecho mientras avanzaba por el pasillo junto a los otros niños; ganado conducido al matadero. La ansiedad seguía creciendo dentro de él.

Entró en el comedor y vio a Isabella sentada a la mesa, su ligera comida casi terminada. Al sentarse, ella lo miró y asintió. Por primera vez desde su llegada, compartieron una comida en casi total silencio.

Carlos comía con delicadeza, observando a los demás. Todos parecían ajenos a la verdadera naturaleza que los rodeaba, y por un momento casi envidió su ignorancia. Isabella, sin embargo, pensaba en cosas muy distintas. La ira recorría su cuerpo, una frialdad amarga llenándola por dentro, y más de una vez, antes de que Carlos llegara, había tenido que dejar el tenedor sobre la mesa y recordarse que gritar no serviría de nada; que no ayudaría a nadie si se levantaba y clamaba a los cuatro vientos que estaban condenados, que Padre los estaba alimentando al monstruo, que ninguno de ellos saldría jamás con vida de aquel lugar. Ahora la tensión entre ambos crepitaba como una corriente invisible en el aire.

Esperó a que él terminara y luego se levantó, llevando sus platos a las bandejas. Carlos la observó pasar a su lado sin mirarlo. La siguió poco después, paranoico ante la idea de que cualquier paso en falso pudiera delatar su plan.

Rodeó el castillo y la encontró sentada en el borde de la fuente. Al acercarse, ella echó una rápida mirada hacia la imponente estructura a su espalda.

"No deberíamos hablar aquí", dijo justo cuando él iba a sentarse.

Carlos asintió, desviando la vista hacia los jardines.

"Tengo una idea", dijo Isabella, saltando de la fuente y caminando más allá de él. "Ven, quiero enseñarte este libro que he estado leyendo."

Carlos la siguió hasta el centro del jardín. Ella se sentó en la hierba, abrió el libro y echó una última mirada a su alrededor.

"Nadie pensará nada raro si comparto un libro contigo", dijo con una sonrisa, y esa sonrisa fue suficiente para templar el frío que se acumulaba en el pecho de Carlos. "Ni siquiera la mascota de Padre." Su atención volvió al libro. "He estado pensando en el plan, y tienes razón. La única forma de que funcione es atrayendo a Padre al bosque. Y la única manera de hacerlo es esperar a que otro niño decida marcharse... o que uno de nosotros lo haga. Si esperamos, podríamos no tener tiempo para avisar a Arias o prepararnos. La única forma de controlar la situación es que tú o yo seamos el niño que va a irse."

Carlos sintió un nudo frío formarse en su estómago.

"Así que mañana, esperaremos a que la mascota de Padre esté cerca. Tú me dirás, lo bastante alto para que te oiga, que no quieres estar más aquí, que quieres volver a casa. Si tenemos razón, le contará a Padre, y eso pondrá el plan en marcha. Después, solo tendrás que decírselo tú mismo. Y al día siguiente iremos al bosque para avisar a Arias."

"¿Y si no funciona?" preguntó Carlos, la voz temblorosa, los ojos pidiendo consuelo. "¿Y si descubre nuestro plan? Isabella..."

"No lo hará", respondió ella con firmeza. "Muchos niños han dejado la isla antes que tú. No sospechará nada. Estarás bien, Carlos." Le puso una mano en el hombro, tratando de transmitirle una seguridad que ni ella misma sentía. En el fondo, tenía tanto miedo como él.

Carlos asintió.

"Carlos", dijo ella, apretándole el hombro. "No eres el único asustado. Pero lo sabemos los dos: si no hacemos esto, moriremos aquí. Todos. No hay duda. Esta es nuestra oportunidad para cambiarlo. Debemos sacar a todos de esta isla."

"¿Y si se lo contamos a los demás? Podríamos atacarle todos juntos."

"Primero", respondió enseguida, inclinándose hacia él, "eso significaría convencer a todos de que lo que hemos visto es verdad. ¿Crees que alguien querrá escucharlo? Y aunque lo hicieran, ¿cuánto tardaría en llegarle la noticia a Padre?" Sacudió la cabeza y retiró la mano. "Si se entera de que sabemos la verdad..." Respiró hondo y cerró el libro. "Y recuerda lo que dijo Arias: Padre no puede morir dentro del castillo. Solo cuando esté en su verdadera forma, en el bosque. Si intentamos rebelarnos aquí, solo desapareceríamos, y él contaría que huimos o que nos fuimos sin despedirnos. Nada cambiaría. La isla seguiría viva, y Padre también. Lo vi muchas veces en España: las revoluciones raramente funcionan, y quienes las inician casi siempre mueren. No... debemos hacerlo a nuestra manera."

Tenía razón. Padre había dicho que la isla existía mucho antes que él, y que seguiría allí mucho después. Pero si lograban matarlo, tal vez los niños que aún vivían pudieran ser libres.

"Debemos prepararnos", dijo Isabella, mirando hacia la casa. "Mañana le dirás a Padre que quieres volver a casa. Yo iré con Arias mientras hablas con él, y la noche siguiente, debemos estar listos."

Isabella cerró el libro, lo abrazó contra su pecho y se levantó para regresar a la mansión.

Durante las dos horas siguientes, Carlos se quedó sentado en la hierba, arrancando briznas una a una y preguntándose cómo había acabado en aquella isla. Había creído que el orfanato era lo peor, pero allí, al menos, algún día saldría vivo. En este lugar no. Y ahora otro pensamiento le pesaba en la mente: aunque consiguieran escapar, no sabían dónde estaban ni si el resto del mundo podía alcanzarse. No sabían cuánta comida necesitarían ni cuánto tendrían que navegar. No sabían nada. Casi parecía más seguro quedarse. Pero quedarse solo garantizaba la muerte.

Al poco tiempo se levantó y regresó al castillo. Al acercarse vio a Isabella sentada en los escalones, leyendo. Alzó la vista al notar su presencia, y sus ojos se desviaron hacia la gárgola cercana. Encima de su cabeza estaba posada la pequeña criatura alada. Miraba hacia el jardín, con las alas y las orejas moviéndose apenas con el viento. Carlos siguió su mirada y se acercó.

Arriba, la diminuta criatura permanecía inmóvil, como lo había hecho durante años, vigilando a los pequeños humanos mientras jugaban y reían, atrapados en una rutina interminable de inocente ignorancia. Aquellos seres diminutos la fascinaban, pero al mismo tiempo le provocaban un profundo asco. Su carne hacía que sus escamas se erizaran, y cada vez que se alimentaba, la invadía una repulsión instintiva justo antes de alcanzar lo que verdaderamente buscaba: el tuétano blando de sus huesos.

"¿Qué quieres decir con que te quieres ir?" exclamó Isabella, lo bastante alto para que las orejas de la criatura la oyeran. "¿Cómo puedes marcharte de aquí? Es perfecto. Hay comida infinita, sin tareas, sin horario... ¿Cómo?"

La criatura giró lentamente la cabeza hacia ellos, fingiendo desinterés, pero escuchando cada palabra. Conocía bien esa conversación. Otro niño que se marchaba. Otra comida. Una sonrisa casi imperceptible se formó en su diminuto rostro mientras el sabor familiar le llenaba la boca y su lengua pasaba por los finos dientes afilados.

Carlos la miró, desconcertado, hasta que ella frunció los labios y le devolvió una mirada que significaba que el plan había comenzado.

"Solo echo de menos mi casa..." balbuceó, intentando seguirle el juego. "Yo... yo simplemente no quiero estar más aquí."

"¿Y vas a marcharte así, sin más? ¿De nuestra amistad?"

"No es eso", respondió él, y por primera vez la emoción fue real. El fingimiento se desvaneció. "Te aprecio mucho, y este sitio también, de verdad. Pero... ya no puedo."

"¿Y se lo dirás a Padre mañana?"

Carlos asintió. "Sí", dijo, con dificultad. "Mañana."

Isabella se levantó, negando con la cabeza y mostrando una tristeza convincente. "Eres tan egoísta", murmuró, dándose la vuelta con un gesto brusco y entrando rápidamente al castillo tras un sollozo contenido.

Carlos se quedó inmóvil. No estaba preparado para que la escena llegara tan pronto, ni de aquella manera. Se sintió realmente como si la perdiera. Un movimiento en lo alto llamó su atención: la criatura desplegó las alas y voló hacia el castillo. Por un momento, las palabras de Isabella le parecieron verdaderas. Pero enseguida comprendió que, si ella no hubiese actuado con tanta firmeza, el ser podría haber sospechado, y el plan habría terminado. Permaneció quieto unos instantes y luego entró, dirigiéndose a su habitación.

Durante las horas siguientes se quedó solo, mirando por la ventana el cielo moteado de nubes blancas sobre el verde intenso del bosque. Cuando llegó la hora de cenar, bajó despacio al comedor. Se sentó junto a Isabella, que mantenía el gesto de tristeza y enojo. Iba a hablarle, pero ella puso una mano sobre su pierna, bajo la mesa, y apretó suavemente. Al instante, el peso en su pecho se disipó. Era solo una actuación, y ella lo estaba haciendo muy bien.

Padre entró en la sala y se sentó en su lugar habitual. No pronunció ningún discurso, solo dijo: "Comamos." Luego dirigió la mirada a Carlos y la sostuvo. Carlos bajó los ojos al plato. Sentía su mirada clavada en él. Padre ya lo sabía. La criatura le había hablado, y ahora solo esperaba que él se acercara.

Esa noche, Carlos permaneció despierto durante horas, imaginando cada posible escenario: cómo empezaría la conversación, qué preguntas haría Padre, cómo podría mantener la farsa. No sabía cuánto tiempo pasó antes de quedarse dormido, pero cuando despertó a la mañana siguiente, el sentimiento de miedo lo esperaba, frío y denso, en la habitación.

ARREPENTIMIENTO

A la mañana siguiente, Carlos se sentó en silencio durante el desayuno. Isabella había terminado y se había marchado a la biblioteca. Mencionó algunos libros que no podría soportar perder si algo ocurría; copias raras que estaba segura de que solo existían en la isla. Carlos terminó despacio y se levantó para llevar su plato a los contenedores. Al girar para salir, el chico que le había recibido el primer día en la isla estaba allí.

"Buenos días", dijo Carlos, estudiando el rostro casi inexpresivo del otro.

"Padre desea hablar contigo."

Carlos asintió mientras el muchacho se daba la vuelta y desaparecía por el pasillo. Había llegado la hora; podía sentirlo. Mientras caminaba despacio, permitió que sus ojos recorrieran de nuevo cada superficie. Admiró el centelleo de las luces de color proyectadas por las vidrieras y el detalle de la carpintería, desde la bóveda del techo hasta los zócalos grabados. Se había invertido tanto en la construcción del palacio, pero también sabía la oscuridad real que toda aquella belleza ocultaba. Sus piernas, mecánicas, lo subieron por la escalera hasta el segundo piso. Cuando se detuvo, estaba frente a la puerta de Padre. Alzó la vista, fijando lentamente la mirada en la gruesa madera que lo separaba del monstruo que había detrás. Se quedó allí, escuchando su propia respiración salir en impulsos rítmicos, acompañados por un latido que iba en aumento. El miedo empezaba a extender sus zarcillos por su interior y notó el inicio del pánico cuando sus reflejos le pedían que se diera la vuelta y huyera, que olvidara todo y viviera el resto de sus días en la isla con Isabella. Pero también sabía que ahora, ahora que conocía la verdad, ahora que sabía el secreto de Padre, su estancia allí nunca volvería a ser la misma. Así que, con eso, alzó la mano, la mantuvo un instante en el aire y llamó.

Padre llevaba un buen rato sentado en su sillón, la mente convertida en un torbellino de pensamientos; rostros que habían pasado, niños gritando mientras huían aterrados. Desde el momento en que el pequeño demonio chasqueó la lengua, había empezado a prepararse para otra cacería. Sentía a la bestia en su interior, inquieta por la anticipación, con un ronroneo grave de excitación resonándole en la mente. Le sorprendía una cosa. El chico del que le habían hablado era el recién llegado. Era tímido y asustadizo y, por lo que le habían contado, había estado en una situación mucho peor antes de llegar a la isla. Había algo en eso que le ponía nervioso; casi suspicaz. Ningún niño se marchaba tan pronto. Así que ahora, sentado en su habitación, esperando al muchacho, repasaba mentalmente cada encuentro con él, buscando qué podía ser aquella sensación, cuando un golpecito se expandió por las paredes.

"Entra."

Carlos sintió un escalofrío recorrerle el cuerpo, agarró el pomo frío y empujó con lentitud.

"Por favor", empezó Padre. "Acércate."

Carlos avanzó hacia el fondo de la sala, con las piernas volviéndosele de agua a cada paso. Notaba la boca secándose y temía que Padre pudiera oír lo fuerte que le latía el corazón. Se preguntaba si lo sabría. ¿Se transformaría Padre en la bestia allí mismo para arrancarle el corazón aún palpitante del pecho? ¿Simplemente desaparecería, sin dejar rastro? ¿Y qué sería de Isabella?

"Tengo entendido que ya no eres feliz aquí", dijo Padre, una forma benigna de afrontar la verdad casi imposible. "Se ha escuchado un murmullo de que estás pensando en dejar nuestro hogar."

Carlos lo miró, delineando con cuidado cada arruga de su rostro y cada pelo del bigote.

"Y, después de tan poco tiempo, debe de haber habido algo que provocara ese pensamiento, ese deseo."

Carlos se encogió por dentro cuando Padre hizo una pausa; su mirada lo atravesaba como un gato mira a un ratón con la pata atrapada en una trampa. Padre había ido directo al grano.

"No puedo evitar preguntarme qué habrá sido..."

La mente de Carlos se aceleró. Nunca se le había

dado bien mentir y, con menos de un día para pensar, tenía un batiburrillo de frases incoherentes. "Solo quiero volver a casa", susurró, lo único lógico que podía decir sin invitar a una pregunta envenenada.

"¿De verdad eres tan infeliz aquí?", preguntó Padre, entornando los ojos por un momento. "¿Te molestan los otros niños?"

"No", respondió Carlos, con una voz delgada y asustada. "Solo quiero irme."

"Espero que comprendas lo extraño que me resulta esto", replicó, sin moverse del sillón. "Cuando llegaste, habías sido maltratado y vejado; vivías en un orfanato donde no habías conocido más que daño. Y ahora, rodeado de un paraíso, tras una estancia tan breve, deseas marcharte. Me cuesta comprenderlo."

"Embry fue horrible", balbuceó Carlos, esperando desesperadamente no tropezar con sus propias palabras y delatar el plan. "Pero esta isla no es la vida real. No es como son las cosas de verdad. Yo... yo solo quiero empezar a vivir; dejar atrás todo y empezar de nuevo."

"Sabes que nunca tienes por qué irte de aquí", mintió Padre. "Sabes que puedes envejecer aquí, a mi lado. Esta isla, este hogar, es real."

Algo seguía sin encajar; Padre podía sentirlo, casi olerlo, flotando en el aire entre los dos como el sudor empapado de miedo del joven.

Carlos luchó por mantener la compostura: el rostro

mugriento de Arias le cruzó por la mente. Conocía demasiado bien lo que significaba "hacerse mayor" en la isla. También sabía que, en cuanto empezara a hacer preguntas o a volverse demasiado listo, Padre se ocuparía de que no alterase el orden. No tenía duda sobre las verdaderas intenciones de Padre; la bestia alimentándose de corazones infantiles ardía en su memoria. Carlos había mirado dentro del foso, había contemplado los ojos vacíos de la muerte, había visto el alma hueca de quienes caían como moscas en su tela. "Solo... necesito irme." Sintió un mínimo alivio al notar que, al menos en esa frase, la verdad sostenía sus palabras. Mientras miraba a Padre a los ojos, supo que esas palabras habían transmitido toda la verdad necesaria.

Padre inspiró hondo y se abandonó contra el respaldo, alzando la mirada hacia las vidrieras. "Me duele profundamente cuando uno de mis hijos desea partir y, más aún, cuando sucede tan de repente..."

Volvió a mirarlo. "Pero", continuó, "si deseas irte, así será. Arreglaré tu viaje a dondequiera que quieras comenzar tu nueva vida. De vuelta a las Américas, supongo."

Carlos asintió, recordando deprisa los nombres aprendidos en el orfanato. "Nueva York."

"Ah. Nueva York." Padre sonrió como si evocara un viejo recuerdo, y volvió a clavar los ojos en él. "Ningún niño puede irse de esta isla."

Carlos se tensó.

"—sin una despedida apropiada. Mañana celebraremos tu estancia aquí, como una familia. Luego te acompañaré por el bosque y te veré partir hacia tu nueva vida."

Carlos asintió una vez. "Gracias."

Padre correspondió con otra leve inclinación, aceptando la decisión. Deseaba, con todas sus fuerzas, que el muchacho cambiara de idea. Sabía cuál sería el desenlace y, por mucho que el hambre creciente lo empujara a la locura, el dolor de ver a otro niño cazado y devorado seguía suplicándole que se quedara. Aun así, había algo que no terminaba de cuadrar, algo extraño.

"Ahora. Imagino que tendrás prisa por contar tu decisión a tus amigos, así que no te retendré. Pero, si cambias de opinión, puedes hacerlo. No haría más que alegrarme. Me sentiría encantado, de hecho."

Carlos retrocedió lentamente. La ansiedad reapareció en cuanto se dio la vuelta para dirigirse a la puerta.

"Y, Carlos", dijo Padre, deteniéndolo. "Prepárate."

Carlos se quedó mirando al suelo, con las palabras de Padre clavándosele como dagas en la espalda.

"El mundo más allá de estos muros te espera, y es oscuro, y tiene hambre."

Un escalofrío recorrió a Carlos cuando el aire frío de

la sala le rozó la piel. Levantó los pies uno a uno y caminó hacia la puerta. Al abrirla, miró atrás para ver a Padre sentado en soledad, inmóvil en su trono, con los ojos fijos en él.

Padre se esforzaba por pintar un mundo lleno de maldad y de tinieblas más allá de la isla. Aunque nunca había viajado, ni siquiera puesto un pie fuera desde su llegada, era la única forma que conocía de mantener a raya al monstruo. Cuanto más tiempo permanecían los niños, menos frecuentes eran las cacerías involuntarias. Había aprendido que el diminuto ser solo reunía nuevas cosechas cuando las antiguas encontraban el camino al foso, así que cuanto más los retuviese, más tardaría en abrirse paso la bestia. Sin embargo, aquellos días recientes habían sido un festín implacable.

Carlos salió al pasillo y se detuvo. Tenía las piernas débiles y sentía que el corazón iba a estallarle en el pecho. Quería correr, huir hacia el bosque y encontrar el barco del que hablaba Padre, pero lo sabía. En el fondo, lo sabía. No habría escape, solo la muerte a manos de la bestia. Giró despacio y se encaminó hacia la biblioteca. Tenía que decirle a Isabella que el plan había comenzado. Necesitaba sentir el calor reconfortante de la amistad. Caminó por los pasillos despacio, sin dejar vagar la vista: la fijó en el suelo que iba desfilando bajo sus pies. Ya no quedaba consuelo. En el mismo instante en que expresó su deseo de irse, le arrancaron esa manta, dejándolo vulnerable y expuesto. Se encogía a cada paso; la isla susurraba su final entre los árboles y por encima de la hierba, las nubes finas sobre su cabeza lo observaban a través de unos muros que parecían cerrarse a su paso. Cuando el olor a pergamino y a cuero empezó a llenarle la nariz, rozaba el pánico.

Al entrar, Isabella dejaba un libro sobre la mesa y caminaba hacia él. La miró un instante, y la tristeza empezó a abrirse camino en su interior.

"¿Se lo has dicho?" susurró al aproximarse, recorriendo con la mirada los estantes en busca de ojos invisibles.

Carlos asintió.

"Entonces debemos avisar a Arias ahora mismo. Tu despedida es mañana; hay que prepararse."

Carlos tragó saliva.

"Todo irá bien", dijo ella, posándole las manos sobre los hombros y arrancándolo de la bruma que lo envolvía; descubrió, al acercarse, que estaba muy lejos pese a la poca distancia. "Ve a buscar a Arias. Yo le diré a Padre que hay algo de la biblioteca de lo que quiero hablar con él." Hizo una pausa y se inclinó para clavar sus ojos marrón claro en los de él. "Carlos, eres el chico más valiente que he conocido, y ni Padre, ni esta isla, ni nada podrá arrebatártelo." Sonrió, suave y sincera. "Ahora ve, deprisa; no tenemos mucho tiempo."

Carlos respiró hondo y soltó el aire con fuerza,

volviéndose hacia los jardines para bordear el castillo. Sabía que ella esperaría un poco antes de ir a hablar con Padre, pero no sabía cuánto podría entretenerlo, y temía que, después de su conversación, Padre lo vigilara con más atención.

Doblando la esquina se detuvo en la fuente, escudriñando con cuidado el edificio y los alrededores por si estaba la mascota de Padre. Satisfecho de no ser seguido, corrió hacia el arbusto y se deslizó por el tronco hueco.

Isabella contó para sí, esperando el tiempo suficiente para que Carlos llegara a los jardines antes de dirigirse a la habitación de Padre. Al llegar a la puerta se preguntó por qué pasaba tanto tiempo en aquella sala vacía, rodeado de antigüedades y sin más mobiliario que el sillón en el que se sentaba. Le resultaba extraño desde su llegada. Sabía que tenía un dormitorio, como les había contado Arias, y aun así, casi siempre estaba en el gran salón. Dejó flotar la pregunta y alzó la mano para llamar.

"Entra."

Entró, ignorando el saludo mientras se acercaba. Iba a empezar a hablar cuando Padre intervino.

"Entiendo que tu amigo desea dejarnos."

La observación la pilló desprevenida y su paso se ralentizó.

"¿De verdad no es feliz aquí?"

Padre estudió a la muchacha. Ella era cercana a

Carlos y, si alguien conocía la verdadera razón de su marcha, sería ella. Observó su rostro, mirando a sus ojos mientras buscaban una respuesta. Vio que la había tomado por sorpresa.

"Yo… Carlos es un chico extraño", respondió ella, eligiendo el camino de la verdad. "Lo conozco desde que llegó y, sí, me he hecho bastante amiga suya, pero hay una parte de él que mantiene distante; una parte que creo que nunca revelará. Es como si siempre fingiera estar en paz, pero por dentro lo tuviera todo embotellado. Ha tenido una vida dura." Hizo una pausa, recordando vivamente momentos que él le había descrito. "Todos la hemos tenido. Pero él, más que la mayoría."

"Ha entrado en el bosque, ¿verdad?"

Isabella se quedó helada. Notó cómo un escalofrío le erizaba el vello de los brazos y subía por los hombros hasta juntarse en la espalda. El miedo la envolvió mientras luchaba por mantener la compostura, intentando con todas sus fuerzas no delatar la verdad. "No… no lo creo", dijo, y su respuesta rozó la forma de una pregunta. Esperó. Observó cada línea del rostro de Padre, aguardando a que se moviera y a que la bestia bajo la piel se revelara; a que se abalanzara sobre ella con garras de daga y colmillos envenenados.

"Lo pregunto por su seguridad", respondió al cabo de un instante, con una sinceridad que la sorprendió por lo verosímil. "Le vieron salir del bosque hacia los jardines hace unos días. No es seguro ahí fuera y temo que su sentido de la aventura sea lo que haya espoleado su deseo de irse. En esos árboles hay muchos horrores..."

Los rostros vacíos del foso relampaguearon en su mente y el olor volvió a retorcerle el estómago.

"...cosas capaces de cambiar a cualquiera para siempre. Temo por tu amigo, Isabella. Temo que el camino que ha elegido no terminará bien para él."

Ella guardó silencio, mirando fijamente sus ojos grises y fríos.

"¿Y qué era eso de lo que querías hablar conmigo?"

El miedo le había rodeado con dedos de hielo.

Isabella recuperó poco a poco la compostura e improvisó su historia sobre encontrar más libros para la biblioteca y, quizá, ampliar para construir un aula. Afuera, Carlos cruzaba con rapidez el bosque.

Al poco, estaba frente a la guarida de Arias, jadeando, cubierto por una capa creciente de sudor.

"Arias", llamó, sobresaltándose con el sonido de su propia voz y mirando alrededor de golpe. "Arias, ¿estás ahí?"

Un segundo después, la respuesta llegó desde abajo. "Sí."

Carlos bajó a la estancia y encontró al muchacho ordenando un pequeño montón de frutos. Al acercarse, el otro giró y lo miró con cautela, con el ojo puesto en el túnel, como si esperara que la bestia apareciera detrás.

"¿Dónde está tu amiga?", preguntó, sin apartar los ojos de la entrada.

"En el castillo, distrayendo a Padre para que yo pudiera venir." Se detuvo, esperando a que el otro volviera a mirarlo. "He venido a decirte que ya está. Le dije a Padre que quería irme. Mi despedida será mañana."

Arias lo miró un momento y luego dejó caer despacio la vista al suelo. "Estarás en peligro", dijo sin parpadear, con la mente fija en las incontables caras apiladas en el foso.

Carlos observó al chico, con un desasosiego creciente. Mientras lo miraba, empezó a cuestionarse su decisión de seguir el consejo del mayor.

Arias alzó de nuevo la mirada, los rasgos tensándose mientras repasaba por milésima vez el plan que había diseñado. "Padre te conducirá al bosque al anochecer", empezó, clavando los ojos en Carlos. "Te llevará cerca del foso. Y allí te matará." Arias hizo una pausa, viendo el destello de miedo en los ojos de Carlos. "Allí intentará matarte."

El miedo en el pecho de Carlos creció como un fuego avivado por las palabras del chico.

"Siempre los conduce cerca del foso. Así, cuando están muertos, no tiene que transportar el cuerpo muy lejos. Rara vez los caza."

"¿Cazarlos?", preguntó Carlos, con la imagen de la bestia acechando a los niños por el bosque helándole la sangre y erizándole la piel.

"Sí", respondió Arias, bajando la voz como si el bosque escuchara desde la entrada. "Hay veces, aunque pocas, en que la bestia toma el control. La bestia caza como un animal. Acecha a su presa por el bosque, la persigue hasta que no puede correr más. Entonces la mata y arrastra el cuerpo de vuelta al foso. Es infrecuente, pero debemos prepararnos por si ocurre."

"¿Qué hago?", preguntó Carlos a regañadientes, sabiendo que la respuesta no sería algo que quisiera oír.

"Tienes que estar preparado", replicó Arias, yendo hasta la pequeña mesa. Se volvió con un cuchillo grande en la mano. "Lo tomé de la cocina cuando me fui." Lo giró un segundo, observando el brillo plateado sin expresión. "Padre —la bestia— conoce bien esta hoja." Se acercó y se lo entregó a Carlos. "Asegúrate de llevarlo cuando Padre te conduzca allí. Yo estaré esperando, pero si fallo, lo necesitarás para sobrevivir."

Carlos alargó la mano, temblorosa, y sintió el peso del cuchillo asentarse en su palma.

"Ahora vete. Debo prepararme."

"Pero aún no sé qué se supone que debo hacer", replicó Carlos, dándose cuenta de que no estaba mejor que al llegar.

"No hay nada que puedas hacer", contestó Arias en

voz baja. "Padre te llevará al bosque e intentará matarte. Solo tenemos que impedírselo. Y si yo fallo..." Su mirada cayó a la hoja en la mano de Carlos. "Entonces usarás eso, porque una vez que te lleve allí, será eso o... Una vez que salgas del castillo, no podrás volver."

"¿Y tú qué harás?"

"Esperar", dijo Arias, bajando la vista mientras Carlos miraba rápido el arco apoyado tras él. "Como he estado esperando desde—" Se cortó al darse cuenta de que ya no sabía cuánto tiempo llevaba escondido en el bosque aguardando exactamente lo que por fin había sucedido.

Carlos lo miró un segundo más, tan confuso y asustado como al entrar. Había esperado que el chico tuviera algún plan concreto, que sus palabras le dieran aunque fuera una chispa de consuelo contra la ansiedad que lo ahogaba. Pero, al volver al sendero, se sintió más inseguro y solo que nunca. Caminó por el bosque; la luz trémula entre los árboles y los verdes cambiantes sobre su cabeza le parecían tan lejanos como el orfanato del que había escapado. Solo pensaba en sobrevivir. ¿Cómo iba a luchar contra una bestia enorme con un cuchillo? ¿Y si el chico se equivocaba y Padre lo mataba nada más entrar en el bosque? ¿Qué sería de Isabella? ¿Estaría condenada al mismo destino? El resto del trayecto fue lento y silencioso, con el bosque burlándose a su alrededor mientras trataba una y otra vez de forjar un plan, con los árboles susurrando su final sobre su cabeza y el tenue roce de hojas evocando el foso lleno de muerte. Arriba, oculto tras un entramado sombrío de ramas cubiertas de hojas, la mascota de Padre lo observaba en silencio mientras avanzaba hacia el castillo.

Para cuando Carlos regresó a los jardines, ya era mediodía. Puso rumbo a la biblioteca, observando a varios niños que callaban a su paso para verlo pasar. Una chica le sonrió con dulzura y comprendió que la noticia de su marcha se extendía como la gripe. Atravesó el pasillo en un cortejo sombrío hasta llegar a las puertas de la biblioteca. Al entrar, sintió el gran vacío. La calidez que aportaba Isabella no estaba. Lo supo de inmediato por el silencio punzante. Se dio la vuelta y salió al pasillo.

"¡Carlos!"

Se giró para ver a Isabella acercarse desde el otro extremo. Llevaba la preocupación pintada en el rostro y aceleró el paso.

"Tenemos un problema", dijo, tomándolo del brazo y llevándolo hacia el vestíbulo.

"¿Qué ha pasado?", preguntó, y esa vocecilla que decía que no podía ir a peor quedó ahogada por la realidad de que sí.

"Padre ha adelantado la despedida a esta tarde…"

"¿Qué?", dijo Carlos, deteniéndose en seco.

Isabella miró a su alrededor y se inclinó hacia él.

"¡Dijiste que— me dijo que sería mañana!"

"¡Lo sé!", exclamó en un susurro tenso. "Hablé con Padre. Le dije que quería cambiar algunas cosas en la biblioteca. Era la única forma que se me ocurrió de mantenerlo ocupado. Pero empezó a hablar de ti. Carlos, sabe que has entrado en el bosque."

"¿Qué?", dijo Carlos, dejándose arrastrar hacia su cuarto.

"Cuando terminamos me preguntó si era amiga tuya", siguió cuando estuvieron a salvo dentro. "Me dijo que temía por tu seguridad y que debería convencerte de quedarte. Le contesté que ya habías tomado la decisión y que nada de lo que dijera te haría cambiar de idea. Le hablé un poco de la biblioteca y, cuando me iba, me detuvo."

"Permíteme hacerte una pregunta", dijo Padre, sus palabras alcanzándola cuando ya cruzaba la mitad de la sala. "Carlos nunca ha llegado a integrarse del todo en nuestra familia, ¿verdad?"

Isabella se detuvo y se volvió despacio. "No", dijo, sabiendo que cualquier otra cosa sería una mentira flagrante y pondría en riesgo lo anterior. "No estoy segura de que sepa cómo."

"Eso pensaba. Naturalmente, cuando uno de vosotros se va, le concedo un día para despedirse y disfrutar del tiempo con quienes deja atrás. Pero, en su caso, parece innecesario."

Isabella lo miró con las pupilas dilatadas, la respiración suspendida a la espera de la sentencia por pronunciar.

"Os daré el resto de la tarde para que la disfrutéis juntos. Decidle que se prepare. Esta noche celebraremos su despedida y, después, lo acompañaré al bosque. Nueva York, creo que dijo."

* * *

Isabella posó la mano en el hombro de Carlos. "Padre te llevará al bosque esta noche."

Carlos se quedó paralizado, con la boca entreabierta y la lengua seca al instante. Arias lo esperaba para la tarde siguiente. Notó la ansiedad martilleándole las rodillas, a punto de derribarlo. "Te... tenemos que avisar a Arias", balbuceó, apenas capaz de formar las palabras.

"Carlos, no hay tiempo." Isabella lo aferró del antebrazo y tiró de él hacia la luz del jardín. Bajaron las escaleras y rodearon el castillo hasta la fuente. Al llegar, ella volvió a mirar alrededor, elevando la vista a los muros y cornisas en busca de la criaturilla.

"¿Qué te dijo?"

Carlos la miró un instante, pálido, con el rostro vacío. Las palabras habían llegado a sus oídos, pero aún no habían arraigado.

"¡Carlos!", dijo, sacudiéndolo con firmeza. "¿Qué dijo Arias?"

Carlos fijó la mirada en la suya, respiró dos veces y

tragó con esfuerzo. "Me dijo que Padre me llevaría al bosque al atardecer. Que probablemente me conduciría cerca del foso antes de... antes de matarme." Hizo una pausa y recordó el metal frío contra su espalda. "Me dio esto." Sacó el cuchillo, pero no lo había apartado un palmo cuando las manos de ella lo empujaron de vuelta.

"¡Escóndelo!", dijo, mirando alrededor con pánico mientras él lo volvía a meter bajo la camisa. "¿Estás loco? Si alguien lo ve, o peor, si lo ve Padre..." Se apartó. "La noticia ya corre. Están preparando tu última comida ahora mismo. Solo nos quedan unas horas antes de..." La frase se le apagó y la tristeza la alcanzó al escucharse: última comida. Tenía tantas cosas que decir, tantas que aún era demasiado joven para expresar, o siquiera para comprender. Sabía que existía una posibilidad real de perder a su amigo, al único que tenía en la isla. Sabía que, si lo lograban, si Carlos sobrevivía, seguirían juntos, se tendrían el uno al otro, pero en ese momento, de pie ante él, una lágrima le surcó la mejilla. Se lanzó hacia adelante y lo abrazó con fuerza, y él rodeó con cuidado el cuerpo tembloroso de la chica. Sintió cómo la tristeza le subía a los ojos. "Por favor, ten cuidado, Carlos", susurró contra su hombro. "Creo que Padre sospecha algo."

Carlos la apretó con fuerza y la separó suavemente para mirarla a los ojos. "Todo saldrá bien", dijo, con unas palabras que casi consiguió creerse. La verdad era que no tenía ni idea de lo que sucedería. El plan, que ni siquiera él había conseguido aceptar del todo, ya se había desmoronado, y ahora iba a adentrarse solo en el bosque con Padre, sin nadie que pudiera cubrirle cuando todo empezara. Aun así, se mantenía firme, consolando a la única persona que le daba fuerza. Tenía que demostrarle que ella tenía razón, que era valiente; aunque, en aquel instante, no se sintiera así.

Isabella se apartó, secándose con la manga los riachuelos salados. "Hay algo que quiero que tengas", dijo, hurgando en un pequeño bolsillo del vestido.

Sacó una fotografía. "Mi padre la tomó delante de nuestra casa en su última visita; antes de que nos fuéramos."

Carlos la sostuvo. En su mano, Isabella sonreía luminosa en un retrato en blanco y negro, de pie frente a una casita de estilo español.

Se quedó sin palabras, con la garganta apretada.

"Voy a seguirte", dijo de repente, con voz firme e inquebrantable. "Cuando entres en el bosque, iré detrás, por el sendero."

"¡No!", respondió Carlos al instante; la pena de segundos antes se había desvanecido. "No debes. Si Padre te encuentra allí, te matará; nos matará a los dos."

"Y si me quedo, y tú no lo logras, me quedaré esperando a morir igualmente." Recuperó la compostura, los ojos enrojecidos resaltando el castaño oscuro. "Conozco a una chica. A veces viene a la biblioteca. Trabaja en la cocina. Puedo pedirle un cuchillo y decirle que lo necesito para algo de la biblioteca. No sospechará nada. No puedo dejar que entres solo en el bosque. Si la bestia es como dices, no puedes esperar vencerla tú solo. Y si Arias no se da cuenta o decide no ayudar... No puedo permitirlo. No lo haré."

"Por favor", dijo Carlos, negando con la cabeza. "No podría vivir con perderte por mi culpa."

"Y yo no puedo permitir que mi único amigo vaya solo al bosque a luchar contra un monstruo."

Por la mirada firme clavada en él y la rigidez de su voz, Carlos entendió que, dijera lo que dijera, su decisión estaba tomada. De nuevo sintió ese calor. Asintió despacio.

"Tenemos que volver", dijo ella, mirando hacia la esquina que daba al frente. "No debemos dar pie a sospechas. Tienes que preparar tus cosas y estar listo. Yo tengo que ocuparme de algo, pero hazlo rápido."

Carlos asintió, respiró hondo y soltó el aire.

"Vamos", dijo ella con una leve sonrisa. "Tenemos una celebración a la que asistir."

Carlos siguió a su amiga hacia la entrada, guardándose la fotografía en el bolsillo trasero mientras caminaban. Al entrar, la abrazó de nuevo cuando ella se dirigía a la biblioteca y luego fue a su cuarto. Hizo la maleta en silencio, deteniéndose a mitad para asomarse a la ventana. Se quedó un rato observando los jardines y el bosque. Sabía la muerte que escondían y que había muchas posibilidades de pasar a formar parte de ella. Mirando las nubes claras en el cielo azul, pensó en Arias. Se preguntó si él e Isabella podrían vivir así. ¿Podrían reclamar su trozo de isla y levantarse un hogar donde pasar sus días? Sabía que era imposible. Padre nunca dejaría de cazarlos, y esa no era una vida que deseara ni para él ni para Isabella.

Poco después, el alboroto en el pasillo le indicó que había llegado el momento. La celebración empezaba y su despedida había dado comienzo.

LA DESPEDIDA

"Este siempre es el día más triste."

Decenas de ojos recorrieron el comedor, fijos en la voz que resonaba desde el fondo de la sala.

"Cuando uno de los nuestros elige marcharse— regresar al mundo cruel que una vez los rechazó." Las palabras de Padre rebotaron en las paredes, reverberando por la sala. "Me duele, porque somos una familia. Sé que, a partir de hoy, ya no podré protegerles, ni resguardarles del asesinato y la violencia que serán una plaga para ellos—de la guerra y la enfermedad, del hambre y el dolor que llenan el mundo más allá de esta isla. Eso es lo que más hiere." Su mirada se posó en Carlos. "Cuando este joven llegó por primera vez, lo acogimos. Abrimos los brazos y el corazón para él. Le mostramos que existía un mundo no colmado de malevolencia y odio, sino de bondad y alegría, un lugar donde podía vivir sus días rodeado de amistad y banquetes sin fin. Con nosotros aprendió lo que es la amistad y la amabilidad. Aprendió lo que significaba ser aceptado como parte de una familia. No podríamos haberle enseñado lección mejor, una lección que esperamos le acompañe hasta sus últimos días. Quiero que lo sepas, Carlos: siempre serás bienvenido aquí. Este será siempre tu hogar y, aunque nadie lo ha aceptado jamás, te extiendo a ti la misma invitación que a todos los que se fueron: regresar."

Carlos permaneció en silencio, con el desfile de cuerpos en descomposición cruzándole la mente mientras Padre hablaba de aquellos que nunca volvieron. Notó cómo la tristeza le crecía por dentro, y una punzante aversión hacia el hombre que se sentaba allí, mintiendo tras una falsa máscara de cuidado.

La mirada de Padre se alzó hacia la sala. "Sois todos mis hijos, a quienes dedico mi vida. Os alimento, os doy cobijo y calor y no os pido nada a cambio, salvo que mostréis la misma hospitalidad a vuestros hermanos y hermanas. Ahora..." Padre se levantó despacio, alzando su copa frente a sí.

Carlos sintió la náusea subirle al estómago.

"Alcemos nuestras copas y celebremos la vida que Carlos nos ha brindado, y su viaje hacia lo que aguarda más allá del bosque."

Hubo un murmullo pausado mientras los niños levantaban sus vasos, con la mirada puesta en el chico al que muchos apenas habían conocido de pasada.

"Que empiece el banquete", dijo Padre, tomando asiento mientras el ronroneo habitual de la hora de comer llenaba la sala.

El plato de Carlos permaneció intacto; el hambre había sido sofocada por la nerviosidad implacable que le atenazaba las entrañas. Charló con Isabella y con otros dos chicos que le preguntaron adónde iba y por qué quería marcharse. Se sintió agradecido de que Isabella supiera responder más rápido que él. Tenía una forma de contestar por él sin que pareciera que él mismo no lo sabía.

"¡Nueva York!", exclamó uno de los chicos de la mesa, con un hilo de salsa de espaguetis deslizándose por su moflete. "Mi ma siempre hablaba de ir cuando era pequeño, pero pa decía que la gran ciudad no era sitio para gente sencilla del campo como nosotros."

Otro se le quedó mirando un instante, con un juicio silencioso en la mirada.

"Pues yo creo que estás absolutamente loco. Esta isla es genial y, por mi parte, pienso quedarme aquí hasta estar viejo, canoso y totalmente chiflado."

"Yo creo que se necesita coraje para irse", dijo Isabella, con un tono de defensa que avivó un tibio calor en el pecho de Carlos. "Me parece valiente por tu parte."

Carlos la miró y sonrió, tímido, notando cómo un rubor caliente le subía a las mejillas.

El grupo siguió charlando un rato hasta que la sala empezó a vaciarse y los demás volvieron a sus tareas. Cuando los dos chicos con los que hablaban se despidieron, Carlos asintió a Isabella y se levantó, girándose para salir.

"Carlos", llamó Padre cuando se dirigía a la salida. "Despídete, hijo mío", dijo al volverse hacia él. "Y cuando hayas terminado, encuéntrame en las rejas de hierro. He preparado tu viaje y te acompañaré hasta el muelle cuando el sol empiece a ponerse. Asegúrate de llevar todas tus pertenencias."

Carlos asintió y empezó a girarse.

"Y, Carlos."

Carlos se detuvo y volvió a mirarlo.

"Por favor, abstente de llevarte nada con lo que no llegaste."

Carlos lo miró un instante, con un odio sordo abriéndose paso por dentro, antes de asentir y abandonar la sala.

Durante las dos horas siguientes se sentó en su habitación, esperando a que el sol empezara a descender. Su mente repasó la decisión y el sinfín de posibles desenlaces, desde su cuerpo arrojado al foso, sin corazón y despedazado, hasta llegar al muelle y descubrir que no había barcos. Empezó a sentir una pérdida, un hueco triste, al pensar en Isabella. Nunca había conocido a nadie como ella, alguien que le hiciera sentir acogido y querido, una persona con la que compartía bondad y respeto mutuos. De todo—de su vida de antes hasta el momento presente—se dio cuenta de que era a ella a quien más echaría de menos. Sacó del bolsillo su fotografía y dejó que la mirada cayera sobre la pequeña imagen. El impulso contenido siguió creciendo. Luego apartó la vista y la llevó a la ventana. Al otro lado del cristal opaco, un resplandor naranja empezaba a extenderse por el cielo. Inspiró una última vez, honda y pesada, y salió al exterior.

COMIENZA

El pasillo que iba de su habitación a la entrada del castillo le pareció más largo que en los meses anteriores. Los cuadros de la pared parecían haber perdido su brillo, rostros que lo observaban con desdén mientras avanzaba en silencio. Sintió la calma sin vida del corredor y la piedra fría bajo los pies, cada grieta y marca resaltando con claridad sobre el pulido liso que las rodeaba. El castillo se sentía más oscuro, más pesado; la risa lejana filtrándose hueca y tenue.

"Carlos…"

Se volvió y vio a Isabella acercándose.

Agujas le cosquillearon la piel al notar el mundo apretándole el pecho. A medida que ella se acercaba, el vacío frío en su interior crecía. Buscó palabras, cualquier cosa que consolara la expresión de su rostro, pero se quedó allí, mudo.

Ella se acercó y lo abrazó.

Ninguno habló, y cuando se apartó, durante un breve instante se miraron a los ojos, sus miradas una conversación sin voz.

"Por favor, ten cuidado, Carlos", dijo, retorciendo las manos frente a sí.

Carlos asintió y le tomó las manos.

Sus palmas estaban cálidas, con una fina humedad de preocupación.

"Si yo… si no regreso, quiero que lo sepas. Has sido

la mejor amiga que he tenido."

Una lágrima le brotó en la comisura del ojo y lo abrazó de nuevo. Su cuerpo temblaba mientras se aferraba a la única persona a la que había llegado a querer: a amar. Lo sujetó con fuerza, una suave punzada de arrepentimiento por no haberlo abrazado antes. Permanecieron juntos, abrazados en el pasillo, con el mundo alrededor reducido a un murmullo sin sentido. Luego Carlos se separó.

"Tengo que irme."

Isabella asintió, otra lágrima deslizándose por su mejilla mientras veía a su mejor amigo cruzar la puerta principal y desaparecer.

Mientras Carlos cruzaba el patio vio a Padre de pie junto a la verja de hierro; las altas agujas entreabiertas. Un grupo de niños se había reunido cerca para verlo entrar en el bosque; un cordero llevado al matadero. Pasó despacio, asintiendo con cortesía mientras cuchicheaban. Luego se acercó a Padre.

"¿Estás listo, hijo mío?"

Se volvió por última vez hacia el castillo y vio a Isabella al pie de la escalinata principal, cuando un chirrido de metal oxidado a su espalda lo devolvió al camino.

Se volvió hacia Padre y asintió.

"Bien", dijo este, empujando la verja para abrirla más. "Entonces que empiece el viaje."

Carlos pisó el sendero, algo más ancho que el que conducía al bosque desde el tronco. Ignoró los murmullos apagados de los niños a su espalda y dejó caer la vista en la espesura perforada por una única senda parda. El bosque estaba vivo; el canto de los pájaros llenaba el aire mientras pequeños animales corrían por las ramas sobre él, finos rayos de sol atrapándose en su pelaje pardo. A su espalda, la verja antigua se cerró con un quejido.

"Es una pena que hayas decidido dejarnos", dijo Padre detrás, con la mirada paseando por los árboles como si admirara un entorno que conocía demasiado bien. "Estoy seguro de que tu amiga, Isabella, echará de menos tu compañía. Os habíais vuelto un buen tándem."

Carlos pensó en su amiga, una capa helada de antipatía formándose al oír su nombre en labios de Padre.

"Pero, como los demás, estoy seguro de que encontrará a otro a quien llamar amigo."

Carlos guardó silencio. Temía que si decía algo inoportuno, irritaría a Padre, y no quería provocar esa ira antes de tiempo.

"Todavía no es tarde", susurró Padre, inaudible para el chico que caminaba delante.

"Fue la primera chica que fue mi amiga", dijo Carlos al cabo de un momento, sabiendo también que cuanto más lograra mantener a Padre en aquella partida de ajedrez verbal, más cerca del foso llegarían y más posibilidades habría de que Arias se percatara de ellos.

"Seguro que en Nueva York habrá muchas chicas con las que hacer amistad. He oído que es una ciudad muy grande, y que crece cada día. ¿Tienes idea de qué piensas hacer cuando llegues?"

Carlos movió su pieza con cuidado.

"Quizá trabaje en una biblioteca", dijo, cuando el camino se iluminó unos metros más allá, donde una rama caída había aclarado la bóveda. "Es un lugar tranquilo. Me gusta."

"Sí", respondió Padre en voz baja. "Lo es."

"¿Alguna vez has pensado en dejar la isla?", preguntó Carlos, viendo cómo una ardilla cruzaba el sendero.

Padre guardó silencio un instante, dio unos pasos y contestó: "A menudo he entretenido esa idea, pero siempre llego a la misma conclusión. Mi lugar está aquí, y no sé qué haría si me encontrara en otro sitio. ¿Quién cuidaría de los demás si yo me fuera? No. Este es mi sitio. No hay nada para mí en ninguna otra parte."

Rayos de un sol declinante se filtraban por el aire, remolinos de amarillo y naranja deslizándose entre ambos mientras avanzaban.

"Debo decir, eso sí, que me sigue resultando extraño que quieras irte tan pronto."

Carlos mantuvo el paso.

"No tendrá algo que ver con tus excursiones al bosque, ¿verdad?"

Carlos se tensó, preparándose para correr.

Padre observaba al chico que iba delante; estudiaba su manera de moverse e inspiraba profundamente su olor. "Pues deberías considerarte muy afortunado. Otros no han sido tan... afortunados como para lograr salir."

Carlos sentía la mirada del hombre clavándose en su espalda. Sabía que debía mantener la conversación, pero el miedo le había robado las palabras. Dio paso tras paso, con la ansiedad creciendo dentro mientras esperaba uñas y colmillos hundiéndose en su espalda. Pero solo lo siguió el crujir suave de otros pasos.

Caminaron otra hora: Carlos abría la marcha por la senda y Padre iba unos metros detrás. Al cabo, Carlos se dio cuenta de que el bosque se había quedado callado: ya no sonaban pájaros en el aire ni criaturas jugueteaban alrededor. Una calma silenciosa se había asentado entre los árboles y una bruma violácea empezaba a posarse en el cielo. Comprendió que estaban cerca y, en ese momento, que los suyos eran los únicos pasos que se oían.

Se detuvo despacio y se volvió. Padre estaba a cierta distancia, con la mirada clavada en el suelo justo delante de sus pies. Le subía y bajaba el pecho, con respiraciones cortas y profundas. Sobre su cabeza, una sola estrella colgaba en el cielo que se oscurecía.

"¿Padre?", preguntó Carlos, mirando a lo largo del sendero mientras el hombre permanecía en silencio, con la vista fija en el espacio ante él. "¿Qué ocurre?", preguntó, cuando una brisa leve, teñida de muerte, le pasó por la nariz. En ese instante supo que su travesía había terminado. Sintió la piel encogérsele.

Padre alzó los ojos lentamente, y los iris cambiaron del avellana profundo al verde esmeralda, una onda fina del centro hacia fuera. "eeaarrgghhHHH, ¡NooooOOO!", gritó Padre mientras su cuerpo empezaba a retorcerse, luchando contra el monstruo que ahora se abría paso hacia la superficie. Su cuerpo cambió, músculos ondulando bajo una piel que se estiraba y contraía. "Solo tenías que haberte quedado…", continuó, con voz baja y tensa.

Carlos se quedó inmóvil, viendo a Padre sacudirse, peleando con toda su voluntad contra la bestia que pugnaba por salir.

"Carlos", siseó, cuando su rostro empezó a echarse hacia atrás como si la piel le tiraran fuerte desde la nuca. Como si alguien le clavara un pie en la espalda y tirara de dos puñados de pelo, el rostro se deformaba, la piel desgarrándose mientras los labios se echaban atrás. "Corre…"

Carlos vio cómo la ropa en los brazos y las piernas de Padre empezaba a tensarse a medida que los músculos crecían, oleadas que corrían bajo la tela.

La última luz del sol se derramó entre los árboles, y luego el amarillo desapareció.

Padre echó la cabeza atrás, el hocico avanzó y empezó a abrirse de par en par. Carlos observó cómo brotaba pelo negro y áspero de la piel y esta se desgarraba mientras las fauces de la bestia rompían, abriendo las mejillas.

No podía moverse. Los pies se le habían arraigado a la tierra como si las palabras de Padre se hubieran vuelto literales. Había olvidado el cuchillo metido en el cinturón por la espalda, a Arias, todo salvo el monstruo que se formaba ante él. Entonces el pensamiento de Isabella abriéndose paso por el bosque lo golpeó de lleno y se dio la vuelta, saliendo disparado por la senda tan rápido como le respondieron las piernas.

Oyó el aullido de la bestia cuando ya había ganado algo de distancia, y supo que en cualquier momento se lanzaría tras él barriendo el sendero.

"¡Arias!", gritó, con los pulmones doliéndole por el esfuerzo. "¡Arias!"

Corrió, los árboles pasándole como ráfagas, la senda cada vez más oscura a medida que la noche se cerraba. Y cuando las piernas estaban a punto de rendirse y comprendió que su plan había fallado y que iba a morir, vio el claro delante.

Se lanzó hacia adelante, luchando contra la quemazón rabiosa de las piernas, y salió a la carrera hacia el espacio abierto, deteniéndose justo al borde del foso, los brazos abriéndose para no caer. Oía a la bestia abriéndose paso entre los árboles y se preparó para el ataque. Giró, forcejeando para sacar la hoja que le había dado Arias. Cuando oyó aproximarse al monstruo la alzó, sujetándola con mano temblorosa ante sí, un último intento desesperado por salvar la vida.

Entonces la criatura apareció.

A poca distancia, el monstruo emergió de los árboles, los ojos de jade fijos en él, un gruñido ondulando en el labio mientras el pelaje azulado y negro que lo envolvía vibraba contra la brisa estancada. Se detuvo al salir de la espesura, a pocos metros de donde estaba Carlos.

"Niño necio", siseó el monstruo con palabras temblorosas, un eco vacilante de la voz de Padre bajo el gruñido gutural. "¿Crees que has urdido esta huida sin ser visto? ¿Crees que soy ignorante? No, muchacho, te vi todo el tiempo. Así como el demonio que os vigila es mis ojos, vi cada uno de tus movimientos. ¿Crees que eres el primero? No… Nadie abandona esta isla. Ni yo, ni tú. Somos todos parte de ella."

Carlos alzó un poco la hoja, viendo cómo la mirada de la bestia se detenía un instante en ella. Por un momento le pareció que el pelaje donde estaba la cicatriz de Padre se erizaba.

"No puedes matarme, muchacho", gruñó, con los

labios echándose atrás para mostrar una hilerita de colmillos relucientes, una sonrisa insinuándose en las comisuras. "Esta isla nunca me permitirá morir…"

"No nos tendrás", respondió Carlos, con el miedo enhebrando las palabras. "No te lo permitiré."

Carlos lo miró fijamente, viendo cómo una sonrisa parecía crecer.

"Ahí, niño, es donde te equivocas."

El monstruo dio un paso, bajando los hombros para embestir. Carlos se tensó. Entonces los ojos de la criatura se abrieron de golpe y se sacudió hacia delante con un bramido.

Sintió el sudor resbalando por el mango de la hoja y vio a la bestia girar, con el extremo de una flecha asomando de su espalda, bajo el omóplato. Entonces vio a Arias, sentado en una rama baja, unos metros más allá del sendero.

"¡Tú!", rugió la bestia, cuando otra flecha se le hundió en el pecho y Arias se dejó caer del árbol, dándose la vuelta para salir corriendo por el otro lado del sendero.

La criatura rugió, olvidándose de Carlos, que seguía clavado en el sitio, y se lanzó entre los árboles tras el chico que aún se le escapaba.

Carlos tomó tres bocanadas de aire, la hoja temblándole en la mano. El otro había herido al monstruo, y sabía que era cuestión de tiempo que lo matara y regresara para rematarlo a él también. Ya no podía volver al castillo, nunca, no mientras Padre caminara. No tenía elección. Tenía que seguirlos.

Dejó caer el brazo a un lado y tomó aire, soltándolo en un soplo, y luego salió disparado por el sendero tras el monstruo, dejando su niñez asustada flotando en el borde del foso. Las ramas le azotaban la cara mientras intentaba seguir, en la oscuridad, las ramas rotas y las huellas que los dos habían dejado al huir. Al cabo de unos minutos redujo el paso hasta detenerse, con las manos en los muslos, inclinándose para tragar grandes bocanadas de aire fresco del bosque. Entonces oyó un grito no muy lejos.

Se rehízo y avanzó deprisa hacia allí, llegando al poco al borde de otro pequeño claro.

Arias estaba contra una pared de roca. Le quedaba una flecha, que intentaba encajar a trompicones en la cuerda. La bestia se le acercaba lentamente, arrancándose las flechas del pecho a medida que avanzaba, un hilo fino de sangre salpicando el suelo con cada astil arrancado. Carlos distinguió el rastro creciente de carmesí bajo las huellas garras en la tierra. La criatura había encajado más de seis flechas en el pecho y seguía acercándose.

Cuando Arias trataba de encajar la última, la bestia se lanzó hacia él y le cruzó el costado de la cabeza con una zarpada brutal. Arias salió despedido, cayendo pesadamente en la tierra, con arañazos ya abiertos y sangrantes cuando el polvo apenas se asentaba. El monstruo empezó a avanzar hacia el chico caído cuando Carlos hizo lo único que se le ocurrió. "¡Apártate de él!", gritó, con la voz quebrada en un medio alarido.

La mirada de la bestia se clavó en él, las dos esmeraldas brillando en la noche. Gruñó, las pupilas dilatándose al fijar el nuevo objetivo.

Carlos empuñó la hoja, los nudillos blancos. Vio que los pasos de la bestia eran ya más pesados: las flechas habían surtido efecto. Respiraba con mayor dificultad y un hilo de sangre bajaba de la comisura del hocico hacia el cuello y de allí al suelo.

La criatura gruñó, con los labios echándose atrás para mostrar colmillos dentados que relucían en carmesí con la luz moribunda.

Carlos se preparó mientras la bestia se acercaba. Entonces, cuando estuvo a alcance de sus zarpas, sonó un chasquido húmedo y su mirada subió hasta la punta de una flecha que asomaba del cuello del monstruo.

Sin pensar, alzó la hoja y se la hundió en el pecho. Sacó la hoja y volvió a clavarla, viendo cómo la bestia lo miraba incrédula, con el hocico perruno inundado de sorpresa. Luego las patas cedieron y cayó de rodillas.

Carlos dio un paso atrás, mirando a los ojos de la criatura mientras esta intentaba pronunciar unas últimas palabras que el astil le ahogaba. Sus ojos se fueron apagando y la bestia se desplomó de lado. Él miró sin parpadear mientras el pecho se detenía en un último estremecimiento. Durante un momento interminable contempló al monstruo que segundos antes se cernía sobre él con la muerte en la mirada. Cuando estuvo seguro de que no iba a levantarse para terminar la tarea, alzó los ojos hacia el chico caído al otro lado del claro. De pie, junto al cuerpo inmóvil, estaba Isabella, con la mano aún aferrando el arco, la mirada vacía clavada en el monstruo del suelo.

Carlos rodeó con cuidado al monstruo y se acercó a ella, tomándole el arco para dejarlo caer. Esta vez fue él quien la atrapó en un abrazo.

Arriba, el cielo empezó a cambiar, nubes espesas formándose a medida que la última luz se desvanecía, envolviéndolos en una manta creciente de oscuridad.

"Mira", susurró ella, separando la cabeza, con los ojos fijos en la bestia tendida.

Carlos giró despacio, con el miedo creciendo al prepararse para verla alzarse del suelo. Se dispuso a ver cómo toda su planificación y su suerte se deshacían por la magia de la isla, pero lo que vio, en cambio, le trajo una calma extraña. El pelaje de la criatura empezó a erizarse de nuevo, los pelos cayendo a los lados y almohadillándose alrededor del cuerpo inmóvil. Lentamente volvió a transformarse en la figura desnuda de Padre, con las heridas de flecha y cuchillo bien visibles en el moreno oliva claro de su piel. Cuando terminó la metamorfosis, el hombre que lo había conducido al bosque parecía en paz, acurrucado sobre una manta de pelo ébano.

Carlos miró, buscando movimiento en el pecho, y luego miró a Isabella, echando un vistazo a Arias mientras hablaba. "Tenemos que irnos. ¿Él...?"

Ella bajó la vista hacia Arias y se agachó para comprobar la respiración.

"Está vivo, pero por poco."

Levantó la vista hacia Carlos. "No creo que pueda caminar..."

"Ayúdame a levantarlo", dijo Carlos, agachándose para pasarle un brazo y encajarse el hombro bajo él. Isabella hizo lo mismo y alzaron con cuidado al joven.

Cuando empezaron a volver al sendero, Arias se removió. "¿Está...?", empezó, con la frase rota por una tos dolorosa mientras los cortes de la cara ardían.

"Sí", respondió Carlos. "Tenemos que volver al castillo. Reunir a los demás y salir de la isla."

Arriba, el cielo se volvió un remolino de grises oscuros y blanco, generaciones de tormentas hasta entonces contenidas empezando a girar en frenesí.

Los tres avanzaron despacio por el bosque, saliendo de nuevo por la verja de hierro ante los rostros sorprendidos de los niños que se agolpaban en el patio.

El bosque había despertado con furia, el viento

aullando entre las ramas. Remolinos de hojas muertas y polvo se enroscaban en espirales hacia el aire espeso. Por el camino Arias entraba y salía de la conciencia, balbuceando sobre la bestia del bosque e intentando encontrar a su amigo desaparecido. Avanzaron tan deprisa como pudieron hacia el castillo.

Una hora después empujaron la verja y pisaron el patio. Un grupo de muchachos que habían salido a ver el súbito cambio de tiempo corrió hacia ellos, deteniéndose espantados ante la visión de los dos niños cargando con otro y el estado en que se encontraba. Dos de ellos se acercaron de inmediato, les quitaron a Arias de encima y lo guiaron hacia el castillo, con Isabella y Carlos pegados tras ellos.

"¿Qué está pasando?", preguntó uno. "Creía que te habías ido. ¿Y dónde está Padre?"

Carlos ignoró las preguntas y se abrió paso contra el viento, al lado de Isabella. Subieron los escalones y entraron en la seguridad del vestíbulo.

A medida que avanzaban, la estructura empezó a cambiar. El papel de las paredes comenzó a despegarse y a agrietarse, las ventanas a estallar y caer en montones junto a los zócalos, y la madera, antes pulida y firme, a astillarse y resquebrajarse. La creación antaño prístina se venía abajo a su alrededor, los suelos abriéndose y las arañas reventando mientras lluvia de cristales opacos chispeaba en la penumbra. Todo el castillo pasaba de palacio impecable de vidrieras y baldosas bruñidas a casa decrépita y abandonada tras generaciones de abandono y tormenta en la isla.

"¿Qué está pasando?", gritó uno de los niños que los acompañaban, justo cuando la balaustrada hacia el segundo piso se partía y se deshacía delante de ellos.

"Reunid a todos", gritó Isabella por encima de los gemidos de la mansión moribunda. "Tenemos que irnos, ¡ya!"

"¿Y Padre?", volvió a gritar el chico mayor al que Carlos había conocido primero.

"¡Padre está muerto!", gritó ella. "¡Tenemos que irnos! ¡Ahora!"

ILUSIONES ROTAS / LA HUIDA

Arias aguardaba en los terrenos, cerca de la escalinata principal. Uno de los muchachos comenzó a usar tiras rasgadas de una camisa de repuesto para improvisarle vendas en la cara porque, incluso en su estado, se negaba a entrar. Carlos acompañó rápidamente a Isabella a su habitación.

Los pasillos eran un amasijo de cuerpos en fuga; niños corriendo en todas direcciones mientras el castillo seguía desmoronándose a su alrededor. La pareja avanzó lo más deprisa posible hacia su cuarto, esquivando a los niños que se precipitaban en un frenesí caótico.

Isabella giró y corrió hacia su habitación, Carlos justo detrás, abriéndose paso entre el enjambre de jóvenes aterrados. Irrumpieron en el cuarto, donde ella tiró de una maleta pequeña de debajo de la cama y comenzó a meter dentro su ropa y una pequeña pila de libros. Mientras Isabella hacía el equipaje a toda prisa, Carlos esperó justo fuera de la puerta. Los niños pasaban a toda carrera y él oía gritos sobre el cambio repentino del tiempo, sobre lo que le estaba ocurriendo al castillo y por qué debían marcharse. El caos, envuelto en un velo opaco de miedo, había deformado el interior de aquellos pasillos antaño indolentes. Cuando terminó, agarró a Carlos por el brazo, mirando alrededor justo cuando el revestimiento de madera del pasillo se agrietaba hacia arriba, astillando uno de los arcos superiores y una espesa nube de polvo caía hacia el suelo. "¡Vamos!"

Carlos respondió con un único asentimiento y se volvió para seguirla por el pasillo, gritando a los demás que salieran del edificio a su paso.

"Tenemos que llevar a todos a los botes", gritó Isabella, con los niños arremolinándose en torno a ellos.

Carlos se detuvo, los ojos clavados en los de ella mientras el pánico crecía detrás. "¿Y si no hay botes...?"

Carlos se quedó inmóvil, sin romper su mirada ni siquiera cuando un chico pasó a su lado y chocó de lleno contra su hombro, haciendo que el montón de cubertería que llevaba se desparramara por el suelo a su alrededor.

"Estarán allí", respondió ella, apretándole los hombros. "Estarán allí..."

Carlos asintió, y se dirigieron al vestíbulo y por la escalinata principal, donde ya se había reunido un gran grupo de niños.

"¿Qué está pasando?"

"Quédate cerca y sigue a los demás", respondió Isabella a un niño que no tendría ni diez años. "Todo va a salir bien, pero tenemos que irnos, ahora."

A su alrededor, los niños estallaron en una maraña de gritos y murmullos temerosos, a medida que crecía el número de reunidos.

"Más allá de la verja", dijo Carlos, con la imagen de Padre tumbado boca abajo en la tierra irrumpiendo al frente. "Seguimos el sendero hasta la playa. Si lo que decía Padre era cierto, debería haber botes de sobra para todos. Ya no es seguro aquí."

"Yo no quiero irme", lloró otro chico. "No quiero volver."

Isabella miró los rostros asustados que la miraban a ella y a Carlos, miradas de desesperación pidiendo respuestas.

"No podemos quedarnos. Sin Padre, el castillo caerá. No habrá más comida, ni refugio. Sin él, esta isla morirá, y nosotros con ella si nos quedamos. Por favor... Tenemos que irnos."

"¿Dónde está Padre?", preguntó otro de los reunidos.

"Padre ha muerto. Lo mató la bestia", mintió, sin querer complicar aún más su huida, que se estrechaba por momentos.

Los niños cayeron en pánico, gritos y llantos brotando entre ellos.

Detrás, más y más bajaban por las escaleras. Algunos cargaban cosas saqueadas de la mansión, otros bolsas repletas de comida de la cocina y el comedor.

Cuando por fin salió el último rezagado, Isabella miró al mayor. "¿Están todos?"

El chico la miró y se encogió de hombros, la cara retorcida por una triste incertidumbre, mientras el castillo se degradaba aún más detrás: la alta chimenea del lado izquierdo se desprendió y se vino abajo con un estruendo ensordecedor. "No lo sé..."

La escalinata principal empezó a agrietarse, malas hierbas abriéndose paso de forma antinatural por los huecos, mientras los niños miraban horrorizados el gigantesco edificio que seguía erosionándose.

"Ayúdame", dijo Carlos, rompiendo la mirada del chico, fija en el palacio que se desmoronaba.

El muchacho apartó los ojos y se agachó para ayudar a Carlos a levantar a Arias.

"No podemos esperar más", susurró Arias, con un ojo bueno clavado en él entre las tiras de tela.

Carlos e Isabella se dirigieron hacia la verja torcida y el bosque aullante más allá. El viento los azotaba, luchando por barrerlos de lado y apartarlos de su escape. Los árboles se mecían y crujían con violencia, sus copas golpeadas una y otra vez por el aire que ahora arremolinaba la isla. El bosque alrededor era un caos giratorio de ramas látigo y hojas enloquecidas.

Mientras el grupo se encauzaba por la verja, el castillo seguía desmoronándose detrás. La fuente de la parte trasera colapsó hacia afuera cuando la pieza central cayó de frente en la pila, rompiendo el muro exterior al impactar.

Avanzaron deprisa entre los árboles, muchos niños gritando sus miedos a la bestia del bosque y la incertidumbre del destino. A medida que continuaban, los más pequeños rompían en sollozos mientras los arrastraban.

Instantes después llegaron al punto donde el sendero pasaba junto al foso.

"¿Qué...?", gimió el chico mientras bordeaban el círculo de muerte, con los ojos clavados en el cuerpo de Marianna en el borde. "Es imposible..."

"Padre era la bestia", dijo Isabella, mirando a Carlos mientras explicaba en la forma más simple lo que ocurría al muchacho a su lado.

"Marianna..."

El shock ocupó sus palabras mientras lágrimas secas corrían invisibles por sus mejillas.

"Lo explicaremos todo cuando lleguemos a los botes", dijo Carlos, cuando el chico avanzó despacio más allá de los cadáveres, con la mirada atrapada en la escena de abajo. "Pero tenemos que seguir."

Otros ahogaron exclamaciones de horror; algunos empezaron a llorar al reconocer los rostros de quienes habían sido llevados al bosque, comprendiendo que ninguno había escapado y que todo lo que les habían contado era mentira. Los niños entendieron en ese instante la verdad de lo que estaban viendo.

El grupo siguió deprisa, en fila india, mientras los árboles se cerraban en su huida, tapando la luz arriba y azotándoles la cara mientras avanzaban hacia la playa. Media hora después, los árboles se abrieron y el océano se extendió ante ellos, oscuro y agitado, una paleta de azules negruzcos que se fundían con el cielo arremolinado.

Al salir a la playa, vieron el muelle del que Padre había hablado. Era una única tira de tablones que avanzaba diez metros mar adentro, con un pequeño puñado de botes de remos amarrados a ambos lados.

Carlos miró a Isabella, el alivio inundándole la mirada.

"¡Todos, subid!", gritó Isabella por encima del viento aullante.

Con ayuda de dos de los mayores, acomodaron a todos en las embarcaciones. Cuando los últimos rostros asustados estuvieron sentados, Carlos recorrió la línea soltando las amarras que sujetaban las pequeñas naves al muelle. Detrás, Isabella y uno de los chicos ayudaban a Arias a subir al último bote. Carlos desató la última cuerda, se subió junto a ella y empezó a tirar de los remos con todas sus fuerzas, bogando lo más rápido posible para alejarse de la isla mientras las olas sacudían su huida.

Las diminutas naves se alejaron, la gran isla quedando cada vez más atrás. Los niños se habían callado, y el rumor de las olas contra los costados acallaba cualquier conversación, salvo murmullos bajos compartidos entre ellos. Carlos y el otro muchacho habían caído en un movimiento rítmico, sus remos golpeando suavemente el mar, uno tras otro.

Sentado en silencio en el bote, Arias mantenía la mirada clavada en el abismo espiral de nubes oscurecidas que giraban con violencia sobre la isla y, con su único ojo bueno, veía cómo la cima del castillo se desmoronaba lentamente hasta desaparecer.

LO QUE YACÍA DEBAJO

La isla se había calmado; su furia inicial por fin humeaba en un suave gruñido. La oscuridad seguía aferrándose a la ínsula y una brisa fría corría entre los árboles, arrastrando hojas junto al cuerpo inmóvil del hombre tendido en la tierra. A poca distancia, el castillo permanecía en silencio, una sombra ruinosa de lo que había sido, abandonado y descuidado durante lo que parecían siglos, los muros abiertos y expuestos con montones de ladrillo y argamasa a sus pies. El tejado se había desplomado por la parte trasera, y los terrenos circundantes eran ahora espesos y enmarañados, torreones rotos cubiertos de lianas aferradas. Una neblina descendía por la cavidad abierta arriba, extendiendo una capa tenue que relucía a la luz filtrada de la luna.

Dentro, una diminuta figura aleteó inadvertida por el vestíbulo descubierto. Avanzó más allá de la barandilla astillada y la escalera derruida, mientras sus pequeñas alas batían el aire estancado, enviando de vez en cuando el susurro de un aleteo que rebotaba en los muros fracturados. La criatura pasó junto a cuadros cuyas telas se habían agrietado y encogido hacia dentro, y cuyas molduras habían quedado combadas y quebradizas. Voló por encima del comedor, el olor a humedad —una podredumbre muy antigua— flotando a su paso. Aleteó perezosa sobre mesas cubiertas de polvo y alineadas con restos de frutas y otros recuerdos irreconocibles esparcidos sobre bandejas deslucidas. Al tomar el pasillo que conducía al segundo piso, la tierra bajo sus patas comenzó a moverse: remolinos de polvo inmóvil despertaban en pequeños torbellinos.

Avanzó en silencio por el pasillo, siguiendo instintivamente el trazado de las escaleras hasta el segundo, el tercero y, por fin, el cuarto piso. Al hacerlo, un brillo translúcido cubrió los corredores, una ondulación a su estela, mientras las curvaturas del papel pintado desaparecían y fragmentos de cristal roto volvían a su forma, desplazándose por sí solos sobre el suelo, donde las grietas comenzaban a sellarse. Cuando alcanzó el cuarto piso, aminoró. El pasillo seguía oscuro, una negrura sin ventanas iluminada solo en el hueco de la escalera. Desde allí hasta la puerta grabada, reinaba un ébano absoluto.

La criatura planeó hasta la puerta y se detuvo, rozando con su diminuta garra la cerradura. Sonó un clic y una fina ráfaga de aire sopló hacia afuera, al tiempo que el cerrojo cedía y una luz tenue se filtraba al pasillo apagado. Un leve estremecimiento de emoción recorrió sus escamas.

Abajo, la mansión empezaba a reconstruirse lentamente, los ladrillos encajando de nuevo en su sitio, la fuente volviendo, despacio, a erguirse en su posición.

La diminuta criatura comenzó a agitar las alas con

furia, apoyando las patas contra el marco mientras se esforzaba en abrir la hoja lo suficiente para colarse. Cuando por fin cedió con un chirrido implacable, se deslizó dentro. La estancia estaba iluminada con velas que ardían eternas en apliques de forja, y su luz danzaba sobre el verde apagado de las escamas de la criatura mientras cruzaba hacia el centro. Aleteó en el aire y se posó sobre una mesita cubierta por un paño carmesí bordado en oro. El monolito de tela se alzaba en medio de la mesa, desnuda de cualquier otro objeto. Contempló la forma velada un instante, como estudiándola, la lengua fina palpando el aire entre ambos, mientras inclinaba la cabeza en una serie de clics mecánicos y silenciosos. Luego extendió la garra, se detuvo justo antes de tocar la tela, la asió y tiró de ella con lentitud.

Frente a la criatura apareció una campana de cristal transparente, ligeramente abombada arriba, con un pomo de cristal en su cúspide. Descansaba sobria contra el decorado de la sala. En su interior había un pequeño pedestal ornamentado con un cojín de terciopelo rojo. Sobre el cojín, un corazón humano: el de un niño.

La criatura miró el órgano inmóvil un momento antes de acortar la distancia y extender la garra, deteniéndose apenas un suspiro y golpeando con una uña el cristal.

No ocurrió nada.

Volvió a torcer la cabeza; las alas le vibraron sobre la espalda un instante antes de que un único sonido llenara el cuarto con un susurro leve: una corriente de aire escapando de un portillo oculto en la pared del fondo, un murmullo disimulado en el aire.

La criatura dirigió de un latigazo la mirada hacia el sonido y quedó inmóvil, con un leve temblor en las alas. Luego se elevó despacio y voló hacia la pared.

Al llegar al extremo opuesto, se posó en una repisa. Caminó hasta el final, sus diminutas garras repicando sobre la madera gruesa. Se acercó al aplique de vela del extremo y se detuvo. Durante un parpadeo contempló la llama vacilante, la luz bailando opaca en sus ojos negros, antes de inclinarse y apagarla de un soplido.

Clic

El panel contiguo a la repisa se desplazó hacia fuera, apenas una pulgada: un pasadizo escondido a la perfección tras el muro.

La criatura aleteó de nuevo, se posó al pie de la portezuela y se empujó por la rendija, asomando al túnel más allá. Hacia abajo se abría una galería de piedra, apenas lo bastante amplia para que la pequeña criatura volara por ella. Zumbó las alas un instante y emprendió el descenso, la luz desvaneciéndose a su espalda.

Siguió bajando durante un buen trecho, con el olor a tierra húmeda arremolinándose tras ella, hasta que el túnel se niveló y comenzó a internarse más aún, hacia el corazón de la isla. El suelo del pasaje estaba cubierto de tierra y, más de una vez, la criatura tuvo que parar y comprimirse donde una raíz había atravesado el muro. Pasado un tiempo, un resplandor lejano empezó a brillar en la oscuridad.

Se dirigió hacia la creciente luz y, a medida que iba iluminando sus escamas mates, el paso se abrió: ante ella se extendía una gran caverna.

La estancia era enorme, un castillo subterráneo. Estalactitas pendían pesadas del techo, una fauce de dientes de dragón que se alargaba hacia abajo. Minúsculos cristales centelleaban con la luz de un millar de velas esparcidas de extremo a extremo, con la cera goteando hasta cuajar en una alfombra espesa sobre el suelo. En medio del recinto había una pequeña pila, no mayor que un lavabo. Sobre ella colgaba un tubo de cobre, un conducto verdoso que se perdía en el techo. Debajo, una sola gota carmesí caía al cuenco de piedra.

"Debes encontrar a otro."

Las palabras reverberaron desde el otro extremo de la vasta caverna, un sonido arrancado de las entrañas del mismo infierno.

"Debemos empezar de nuevo."

La diminuta criatura se elevó y revoloteó hasta el borde de la pila antes de posarse y asomarse al interior.

En el fondo había un pequeño charco de líquido borgoña, cuyo aroma metálico ascendía al aire.

Otra gota cayó de la boca del tubo: la última esencia remanente del cuerpo de Marianna, arriba, que descendía hasta allí.

Se oyó un gran arrastre cuando el horror oculto dio un paso fuera de las sombras: primero cayeron a la luz unos cuernos enormes, luego una pierna rematada en pezuñas hendidas y una piel correosa, oscura y carmesí, a juego con la postrera gota que pendía del conducto. "Durante un milenio he existido, y durante un milenio seguiré. Mientras la sangre corra por las venas de los niños, esta isla, y yo, continuaremos." El demonio gruñó hondo, su faz de murciélago retorciéndose mientras sus palabras rebotaban en los muros lejanos.

La diminuta criatura sobre la pila hincó la rodilla, inclinando la cabeza en una reverencia profunda mientras el monstruo gigantesco proseguía.

"Encontrarás a otro que ocupe su lugar", dijo, cuando la luz de las velas reveló el resto de sus rasgos: una cola de serpiente azotando el suelo hasta detenerse. "Hay una sed que debe saciarse." Los ojos del demonio cayeron sobre la pila; sus pupilas se estrecharon en rendijas serpentinas al fijarse en la gota solitaria que temblaba en el borde del tubo. "Vete."

La pequeña criatura se alzó en el aire, desvaneciéndose por el pasadizo que conducía hacia arriba, mientras el ser bajo la isla daba su último paso hacia la pila.

Arriba, a través de decenas de pies de tierra y suelo, yacían décadas de descomposición: el vasto foso, de casi quince metros de profundidad, colmado de los innumerables cuerpos de quienes nunca escaparon, de aquellos que murieron para aplacar la sed interminable del monstruo oculto debajo, en el corazón de la isla.

FIN